ÉTONNANTS • CLASSIQUES



# BARRIE

# Peter Pan

*Traduction d'*YVETTE MÉTRAL

*Présentation, notes, choix des extraits et dossier par*
CAECILIA PIERI

GF Flammarion

**Le conte**
**dans la même collection**

ANDERSEN, *La Petite Fille et les allumettes et autres contes*
COLLODI, *Pinocchio*
*Contes merveilleux 1. Il était une fois…*
*Contes merveilleux 2. Fées, ogres et lutins*
GRIMM, *Le Petit Chaperon rouge et autres contes*
LEPRINCE DE BEAUMONT, *La Belle et la Bête*
*Les Mille et Une Nuits. Ali Baba et les quarante voleurs*
*Les Mille et Une Nuits. Le Pêcheur et le Génie – Histoire de Ganem*
*Les Mille et Une Nuits. Sinbad le marin*
PERRAULT, *Contes*
SAND, *Les Ailes de courage*
*Le Géant Yéous*


Édition revue, 2008.
ISBN : 978-2-0812-1445-3
ISSN : 1269-8822

# SOMMAIRE

■ Présentation ........................................ 5

Barrie, l'homme qui ne voulait pas grandir 5

Aventure et exotisme 6

Fantastique et merveilleux 7

La satire du monde des adultes 9

Un conte à l'envers 10

La solitude du héros 12

■ Chronologie ........................................ 15

## Peter Pan

I. Peter débarque 25

II. L'ombre 35

III. Partons, partons ! 41

IV. Le voyage dans les airs 58

V. L'Île pour de vrai 68

VI. La petite hutte 80

VII. La maison souterraine 89

VIII. La lagune aux sirènes 93

IX. L'Oiseau Imaginaire 107

X. Un foyer heureux 110

XI. L'histoire de Wendy 111

XII. Pris au piège ! 112
XIII. Croyez-vous aux fées ? 117
XIV. Sur le bateau pirate 125
XV. « À nous deux, Crochet ! » 131
XVI. Le retour 142
XVII. Bien des ans ont passé... 149

Dossier ........................................ 163

# PRÉSENTATION

## Barrie, l'homme qui ne voulait pas grandir

Il n'est pas rare que des écrivains transposent dans leur œuvre tout ou partie de leur vie. L'auteur de *Peter Pan* n'échappe pas à cette règle. James Matthew Barrie, qui naît en Écosse en 1860, est le dernier d'une famille de sept enfants assez rapprochés dont le deuxième, David, est considéré comme le plus brillant et le plus doué, promis à un grand avenir par ses parents – sa mère surtout, Margaret Ogilvy – qui lui vouent une adoration éperdue. Or, à treize ans, David meurt brutalement d'un accident de patinage : sa mère ne s'en remettra jamais, au grand dam de James.

Âgé de six ans, celui-ci s'impose dès lors de ressusciter à travers lui son frère mort : « Au début, écrit-il au sujet de sa mère dans sa pièce *Margaret Ogilvy* (1896), j'étais souvent jaloux, j'aurais voulu mettre fin à son chagrin et lui crier : "Et moi, je ne compte pas pour toi ?" mais je n'y arrivais pas ; alors, je conçus le désir intense de [...] ressembler [à David] au point que ma mère elle-même ne fasse plus la différence... et je m'y exerçai en secret »... Pour ressembler toujours à ce frère disparu, il fallait ne pas grandir : « Lorsque je parvins à l'âge adulte, précise-t-il dans le même texte, il avait, LUI, toujours treize ans. » Cet effort vain pour ne pas vieillir est à l'origine même du personnage de Peter Pan [1].

De fait, Barrie, à l'instar de son héros, est resté toute sa vie très juvénile, aussi bien physiquement que mentalement : petit, mince, il a gardé très tard les cheveux très noirs et il a toujours adoré jouer avec les enfants, qui le considéraient comme l'un des leurs parce que, conteur inépuisable, il ne s'intéressait qu'aux histoires de pirates, de pendaisons, et d'écoliers aux prises avec les problèmes de grammaire latine...

# Aventure et exotisme

Pour séduire son public enfantin, Barrie reprend la tradition littéraire des romans d'aventures exotico-historiques, très populaires en Angleterre depuis le XVIII^e siècle.

De nombreux enfants anglais ont lu *Les Voyages de Gulliver* (1726), de Jonathan Swift, et notamment les mésaventures de Gulliver à Lilliput ou au pays des Géants ; ils connaissent aussi *Robinson Crusoé* (1718), de Daniel Defoe, dont le héros, en désobéissant à ses parents, se retrouve embarqué sur un navire qui fait naufrage et reste sur une île déserte vingt-sept ans, deux mois et dix-neuf jours, un temps qui se calcule « en lunes et en soleils innombrables », dirait Peter ! Inspiré d'une aventure vécue mais rendu populaire par la fiction, le personnage de Robinson est devenu un mythe.

---

1. Quant à Wendy, elle tient peut-être de Margaret Ogilvy, qui avait perdu sa mère à l'âge de huit ans et s'était retrouvée, avec un père souvent absent, dans le rôle d'une vraie « little mother » pour son jeune frère.

Au XIX^e siècle, en France, on lit Dumas, Gautier, Hugo[1] et en Angleterre, Walter Scott, notamment *Le Pirate* (1821), et surtout Stevenson. Écossais comme Barrie, l'auteur de *L'Île au trésor* (1883) était fasciné par les voyages et les îles lointaines – il est d'ailleurs mort dans les îles Samoa, en Polynésie. Barrie, pour l'un de ses personnages, lui emprunte le nom « Cuistot-des-mers » (traduction française de *The Sea-Cook*, premier titre de *L'Île au trésor*, rebaptisé ensuite), le surnom du cuisinier, « Barbecue », et l'idée du chef de bande infirme et cruel : chez Stevenson, Long John Silver n'a qu'une jambe, comme Crochet n'a qu'une main chez Barrie.

Bien sûr, le décor historique est ici fantaisiste puisque se retrouvent côte à côte, dans une végétation de montagne sud-américaine bordant des plages tropicales, des Indiens d'Amérique tels qu'on les connaissait au XIX^e siècle et des pirates anglais comme ceux du XVII^e siècle : la fraise de dentelle du capitaine Crochet est exactement contemporaine du règne de Charles II d'Angleterre (1660-1685) !

## Fantastique et merveilleux

L'univers des contes inspire les créatures merveilleuses de notre histoire : le personnage de Peter, mi-enfant, mi-oiseau, doté de pouvoirs magiques ; la fée Clochette, avec sa chambre au mobilier de style Prince Charmant VI ; les oiseaux « imaginaires », qui

1. Respectivement *Les Trois Mousquetaires*, *Le Roman de la momie* et *Notre-Dame de Paris*.

parlent – même si c'est pour hurler des insultes incompréhensibles ; et les sirènes, qui sont mal élevées et jouent au ballon.

Mais, avant même que le lecteur aborde l'Île de l'Imaginaire, des éléments très étranges surgissent sans crier gare dans l'univers pourtant si ordinaire des Darling : l'ombre de Peter se plie comme un vêtement et le baiser de Wendy est solide comme un dé à coudre... Ici, nous ne sommes pas très loin du sourire du chat du Cheshire dans *Alice au pays des merveilles* (1862) de Lewis Carroll [1] (dont le titre original – *Alice in Wonderland* – signifie à la lettre « Alice au pays... de l'imaginaire »). Il y a dans les deux histoires un mélange indissociable entre réel et imaginaire qui installe le récit en plein fantastique. La nature et les objets y agissent comme des personnes. Ainsi en est-il des cartes à jouer dans l'histoire d'Alice ; dans le pays de Peter, ce sont les étoiles qui adressent des clins d'œil aux hommes (p. 40), l'Île qui vient à la rencontre des enfants quand ils sont fatigués de voler (p. 61), le soleil qui leur indique le chemin (p. 61), la maison qui fume pour dire merci (p. 87), la forêt qui se tait (p. 87)... Le jeu et la réalité y sont tout un, puisqu'il suffit de « faire semblant » pour que les choses existent, à commencer par la maison souterraine des enfants.

Cependant, si Carroll apportait une explication rationnelle à l'histoire d'Alice à la fin de son texte – il ne s'agissait que d'un rêve –, Barrie, lui, va plus loin dans l'hésitation entre le réel et l'étrange qui constitue le propre du récit fantastique : Peter Pan revient voir Wendy adulte dans le monde « réel », dialogue avec elle comme si de rien n'était et... repart avec sa fille ! L'histoire va-t-elle recommencer sans fin ? L'auteur nous avait prévenus : l'esprit des personnes est une véritable carte géographique. Lorsqu'on s'y « aventure », c'est à nos risques et périls... Aussi

1. Alice rencontre, perché sur un arbre, un étrange chat qui parle et qui sourit ; à la fin de leur entretien, le chat s'efface peu à peu, laissant persister son sourire plus longtemps sur la branche.

longtemps que les enfants existeront, semble-t-il dire, la réalité du monde des adultes demeurera pétrie d'imaginaire.

## La satire du monde des adultes

Comme s'il se plaçait du point de vue des enfants, l'auteur brosse une satire[1] assez moqueuse des soi-disant adultes et utilise le prétexte du conte pour dénoncer avec humour leurs comportements souvent grotesques.

Prenons M. Darling. Voici un père de famille apparemment responsable qui se transforme brusquement en gamin capricieux et en menteur lorsqu'il s'agit de prendre un vulgaire médicament. Et pis encore : torturé par le remords parce qu'il pense être responsable du départ de ses enfants, le voilà vivant en chien pour essayer d'expier sa faute et ne quittant plus sa niche jusqu'à la fin de l'histoire – juste inversion des choses sans doute puisque la bonne des enfants, « Nana », est précisément... un chien.

Sur l'Île, les enfants jouent entre eux à reconstituer une petite société d'adultes : Wendy sert de maman aux enfants et Peter Pan, lui qui refuse de grandir, tient le rôle du père, surnommé par les Indiens « Grand Père Blanc ». La vie quotidienne est alors presque caricaturale : tandis que « papa » va « travailler » dans la journée en chassant, « maman » reste à la maison et reprise les chaussettes...

Les attitudes des adultes sont encore mises à mal lorsqu'il suffit à l'un des garçons de l'Île de se coiffer d'un haut-de-forme

1. *Satire* : genre littéraire inventé dans l'Antiquité grecque consistant à réaliser un portrait ironique et exagéré pour mieux faire ressortir les défauts.

pour devenir médecin et soigner Wendy évanouie avec... un morceau de verre dans la bouche (un thermomètre ?) et un bouillon de viande (p. 86), ou lorsque les pirates bafouent tous les codes de l'honneur, de la loyauté et de l'élégance, se comportant en sauvages là où les Indiens agissent en hommes civilisés. Enfin, les figures féminines du conte ont beau être fée (Clochette), princesse (Lis Tigré) ou gentille fillette (Wendy), elles se réduisent néanmoins à un trio de jalouses se disputant un seul homme... Bref, sur l'Île comme en ville, l'humour est frondeur, et la fantaisie permet de railler ce que l'on n'aime pas dans le monde réel.

## Un conte à l'envers

Rien n'est conforme ici à l'attente du lecteur : les personnages y sont dépouillés de tout prestige et leurs portraits burlesques s'opposent à l'univers traditionnel du conte ou du récit héroïque.

Wendy, notre héroïne, n'est, au fond, qu'une brave fille dont le bonheur consiste à repriser les chaussettes et faire la soupe à ses hommes : quel idéal terre à terre ! Son mépris pour les pirates ? C'est parce que la fraise de Crochet est sale et que le bateau n'a pas été nettoyé depuis des siècles... Cette petite mère de famille mérite peut-être la sympathie mais sûrement pas l'admiration que l'on vouerait à une princesse de légende !

La fée Clochette, elle, n'est guère digne d'une plus grande considération. C'est une fée ordinaire, qui doit son nom ridicule de « Rétameuse » à une occupation ménagère bien peu noble : récurer les casseroles ! Vaniteuse, coquette, ingrate, colérique, jalouse, elle n'hésite pas à mentir pour essayer de se débarrasser de sa rivale et lorsqu'elle se sacrifie pour Peter, c'est par amour plus que par générosité.

Plus étonnant encore : Jacques Crochet. Beau pirate en vérité que ce personnage ! Quelle est la principale préoccupation de cet individu dont le seul nom suscite l'épouvante à mille milles sur mer et sur terre ? Le... bon ton, « privilège de l'éducation qu'il [a] reçue » (p. 126) !, c'est-à-dire l'élégance, le « chic anglais », en quelque sorte, puisque la plus grosse crainte du capitaine est non pas de mourir, mais de mourir sans « style ». Il y a pis encore : la seule terreur de cette « terreur des mers » est le tic-tac d'un réveil dans l'estomac d'un crocodile. De l'entendre suffit à le faire détaler comme un lapin... Et quelle ruse « diabolique » imagine-t-il pour piéger les enfants ? Il les attire sur la plage avec un gâteau ! Quant au terrifiant Smee l'Irlandais, il propose la vie sauve à Wendy si elle promet d'être sa mère... Comme si un pirate avait besoin d'une maman ! Nous sommes bel et bien ici confrontés à des méchants « pour rire », comme dans un jeu : « on dirait qu'on serait des pirates... »

Même Peter est déconcertant. Les studios Walt Disney[1] en ont fait un petit garçon espiègle et taquin. Le récit, lui, le présente comme un individu incroyablement content de lui, vaniteux, prétentieux, autoritaire jusqu'à la tyrannie (on n'a pas le droit de savoir ce que lui-même ne sait pas), cruel (il supprime les garçons dès qu'ils grandissent) et complètement égocentrique (il ne s'intéresse qu'à sa personne). Il a l'habitude de dire tout ce qui lui passe par la tête (p. 58). On ne peut pas compter sur lui : « étant d'humeur changeante, ce qui l'amusait en ce moment l'ennuyait l'instant d'après, et l'on se demandait s'il n'allait pas vous laisser choir à la prochaine occasion » (p. 59). Sans cœur, il peut se révéler déloyal jusqu'à la traîtrise : l'une de ses spécialités « consiste à changer de camp au beau milieu de la bataille »

1. *Peter Pan*, 1953, et *Peter Pan 2, retour au Pays Imaginaire*, 2002.

(p. 93). Menteur, il affirme connaître ce qu'il ignore ; d'ailleurs il est inculte puisqu'il ne sait ni lire ni écrire un traître mot. Tout au plus peut-on reconnaître qu'il est débrouillard et habile. Il sauve Wendy de la noyade (mais est-ce vraiment par générosité ou parce qu'il relève un défi qui l'amuse : « Mourir ! Ça, c'est une aventure ! » ?). Bref, quel personnage antipathique !

## La solitude du héros

Que reste-t-il à Peter pour ressembler à un héros ?

« Il y a longtemps, explique-t-il aux enfants qui songent à partir, je pensais moi aussi que ma mère laisserait la fenêtre ouverte pour moi. Je restai donc absent pendant des lunes et des lunes. Mais quand je revins, il y avait des barreaux à la fenêtre car maman m'avait complètement oublié, et un autre petit garçon dormait dans mon lit » (p. 111). S'il ne s'appesantit pas sur ce point, Peter trahit ici l'origine de tous ses maux, qu'il a appris à combattre en se défendant par la méchanceté et l'égoïsme : le sentiment d'avoir été abandonné par sa mère.

Tout le récit est traversé par le manque lié à l'absence de véritable mère, car si Wendy est attirée sur l'Île par Peter c'est bien pour servir de mère aux enfants perdus, et si les pirates envisagent de l'enlever, c'est dans le même but. Pourtant, « les mères » exaspèrent Peter, qui ne leur épargne ni son agressivité, ni son mépris : il a décrété que c'était un sujet de conversation « stupide », et « si Peter avait jamais eu une mère, elle ne lui manquait plus depuis longtemps. Il avait chassé cette engeance de sa mémoire et n'en avait retenu que les inconvénients » (p. 111).

On ne saurait être plus clair : comme James Matthew Barrie, Peter souffre d'avoir été « abandonné ». Dans le conte, c'est un nouvel enfant qui a remplacé Peter, lequel se venge en détestant sa mère. Dans la réalité, la place occupée par son frère mort a empêché l'auteur de trouver la sienne. James n'a pas réussi à remplacer David aux yeux de sa mère et a vécu cela comme un échec, concevant à l'encontre de cette dernière un ressentiment à la mesure même de l'amour passionné qu'il lui vouait.

La clé du récit réside donc dans la première phrase : « Tous les enfants, hormis un seul, grandissent. » Le prix à payer pour cette éternelle jeunesse, c'est de ne jamais connaître le tableau qu'offrent les retrouvailles et les manifestations d'amour entre parents et enfants au chapitre XVII, « seule joie [...] refusée à jamais » à Peter. En définitive, si Peter n'appartient pas à la catégorie des héros admirables, magnifiques ou puissants, il se rattache à celle des héros de tragédie, émouvants dans leur légendaire solitude.

Archives Flammarion

■ Les aventures de Peter Pan, dans les premières versions de l'histoire, se déroulaient dans les jardins de Kensington (quartier de Londres où vécurent James Matthew Barrie et les Llewelyn Davies). La statue de Peter Pan, réalisée par George Frampton, y célèbre depuis 1922 le jeune héros.

# CHRONOLOGIE

# 1860 1937

- Repères historiques et culturels
- Vie et œuvre de l'auteur

# Repères historiques et culturels

| | |
|---|---|
| **1862** | Exposition universelle de Londres. |
| **1865** | Lewis Carroll, *Alice au pays des merveilles*.<br>Jules Verne, *De la Terre à la Lune*. |
| **1867** | Henrik Ibsen, auteur norvégien, compose *Peer Gynt*. |
| **1869** | Jules Verne, *Vingt Mille Lieues sous les mers*. |
| **1870-1871** | Guerre entre la France et la Prusse.<br>Défaite française à Sedan et destitution de Napoléon III.<br>Fin du Second Empire ; proclamation de la III^e^ République.<br>Émeutes de la Commune à Paris. |
| **1872** | Le Danois Hans Christian Andersen publie ses premiers *Contes*. |
| **1873-1874** | Jules Verne, *Le Tour du monde en 80 jours*, *L'Île mystérieuse*. |
| **1876** | Victoria, reine de Grande-Bretagne et d'Irlande, devient impératrice des Indes.<br>L'Américain Mark Twain compose *Les Aventures de Tom Sawyer*. |
| **1882** | Jules Verne, *L'École des Robinsons*. |
| **1883** | L'Écossais Robert Louis Stevenson écrit *L'Île au trésor*.<br>L'Italien Carlo Collodi imagine *Pinocchio*. |

# Vie et œuvre de l'auteur

**1860** Naissance de James Matthew Barrie à Kirriemuir en Angus. Il est le septième fils de David Barrie et Margaret Ogilvy.

**1867** David, le frère de James, meurt à l'âge de treize ans, des suites d'un accident de patinage. Sa mère ne s'en remettra jamais.

**1876** James Matthew Barrie entreprend des études littéraires à l'université d'Édimbourg. Il sera diplômé en 1882.

**1877** Il écrit sa première pièce de théâtre, *Bandolero The Bandit* (*Bandolero le bandit*), interprétée par une troupe d'amateurs.

**1883** Il fait ses débuts dans le journalisme, travaillant au *Nottingham Journal*, mais démissionne au bout d'un an.

**1885** Il quitte l'Écosse et s'installe à Londres pour y vivre de sa plume.

**1887** Barrie publie *Better Dead* (*Mieux vaut être mort*), qui est une satire de la vie londonienne.

**1888-1890** Il connaît le succès grâce à un roman, *When a Man's Single* (*Quand un homme est célibataire*) et des chroniques, *My Lady Nicotine* (*Madame Nicotine*).

# Repères historiques et culturels

1889 Exposition universelle de Paris (la tour Eiffel).

1894 Le romancier britannique Rudyard Kipling écrit *Le Livre de la jungle*.

1896 Le journaliste et romancier britannique Herbert George Wells publie *L'Île du docteur Moreau*.

1897 Rudyard Kipling compose *Capitaines courageux*.

1899-1902 Guerre des Boers : de sanglants combats opposent la population boer sud-africaine aux soldats anglais (l'Afrique du Sud est alors une colonie britannique).

1900 Exposition universelle de Paris.

1901 En Grande-Bretagne, mort de la reine Victoria. Son fils lui succède sur le trône sous le nom d'Édouard VII.

1902-1907 Premiers films de Georges Méliès : *Le Voyage dans la Lune*, *Le Royaume des fées*, *Le Voyage à travers l'impossible*, *Vingt Mille Lieues sous les mers*.

1906 La romancière suédoise Selma Lagerlöf écrit *Le Merveilleux Voyage de Nils Holgersson*.

# Vie et œuvre de l'auteur

1892 Sa pièce *London Walker* (*Le Piéton de Londres*) est jouée à Londres. Le rôle principal est tenu par Mary Ansell.

1894 Barrie épouse Mary Ansell. Ils emménagent dans le quartier de Kensington Gardens.

1895 Le 6 septembre, mort de sa mère, Margaret Ogilvy. Barrie est inconsolable.

1896 Il rédige deux nouvelles pièces de théâtre : *Margaret Ogilvy* et *Sentimental Tommy*.

1897 Il se lie d'amitié avec les membres de la famille Llewelyn Davies, Arthur, Sylvia et leurs enfants, ses voisins à Kensington Gardens. Ils lui inspireront certains de ses personnages (voir note 4, p. 26).

1900 Barrie écrit *Tommy and Grizel*, un roman, ainsi que *The Boy Castaways of Black Lake Island* (*Les Naufragés de l'Île du lac Noir*), une pièce de théâtre dans laquelle il est déjà question d'un enfant et d'une île. La famille Llewelyn Davies déménage.

1902 Il imagine *The Little White Bird* (*Le Petit Oiseau blanc*), un conte. Mort de son père, David Barrie.

1904 Il écrit les aventures de Peter Pan sous la forme d'une pièce de théâtre, représentée à Londres la première fois le 27 décembre, *Peter Pan or The Boy who wouldn't Grow Up* (*Peter Pan ou le Garçon qui ne voulait pas grandir*). La pièce ne sera publiée qu'en 1928 et les droits d'auteur seront reversés à un hôpital destiné aux enfants malades.

1906 Il reprend les aventures de Peter Pan pour en faire un roman, *Peter Pan in Kensington Gardens* (*Peter Pan dans les jardins de Kensington*).

# Repères historiques et culturels

**1908** Anatole France, *L'Île des pingouins*.

**1910** En Grande-Bretagne, mort d'Édouard VII ; son second fils lui succède sur le trône sous le nom de George V. Il s'attache à resserrer les liens entre l'Angleterre et la France. C'est le début de l'« Entente cordiale » entre les deux pays.

**1914-1918** Première Guerre mondiale. L'Angleterre et la France sont alliées contre l'Allemagne.

**1921** Premiers dessins animés de Walt Disney. (*Peter Pan* sera adapté pour la première fois en 1953.)

**1928** L'écrivain russe Mikhaïl Boulgakov imagine *L'Île pourpre*.

**1929** La romancière britannique Agatha Christie écrit *Le Meurtre de Roger Ackroyd*.

**1930** Jules Supervielle, *L'Enfant de la haute mer*.

**1936** En Grande-Bretagne, mort de George V. Son fils aîné accède au trône sous le nom d'Édouard VIII ; il abdique la même année pour épouser une Américaine deux fois divorcée, Wallis Simpson. Son frère cadet lui succède sous le nom de George VI (père de la reine Élisabeth II).
En France, révolte sociale du Front populaire.
Charlie Chaplin tourne *Les Temps modernes*.

## Vie et œuvre de l'auteur

**1908** Il écrit *When Wendy Grew Up* (*Quand Wendy fut grande*), une pièce de théâtre qui n'est jouée qu'une seule fois.

**1909** Barrie divorce de Mary Ansell.

**1910** Mort de Sylvia Llewelyn Davies, trois ans après son mari. Barrie devient le tuteur de leurs cinq enfants mineurs.

**1911** Il rédige notre conte, d'abord intitulé *Peter and Wendy* puis rebaptisé *Peter Pan*.

**1914** Barrie, anobli, est envoyé en mission diplomatique aux États-Unis pour tenter d'obtenir qu'ils s'engagent aux côtés des Alliés dans la guerre contre l'Allemagne.

**1915** Le fils aîné des Llewelyn Davies meurt au front.

**1918** Barrie visite la France en tant qu'invité de l'armée américaine. Il est à Paris au moment de l'armistice (11 novembre).

**1921** Le dernier des garçons Llewelyn Davies meurt noyé.

**1930** Barrie est fait chancelier de l'université d'Édimbourg.

**1936** Il rédige sa dernière pièce, *The Boy David* (*L'Enfant David*).

**1937** Barrie meurt le 19 juin.

■ Peter, Wendy et ses deux frères en route vers le pays de l'Imaginaire, guidés par la fée Clochette, dans le dessin animé de Walt Disney *Peter Pan* (1953). Au second plan, on aperçoit la célèbre Clock Tower de Londres où résonne Big Ben.

# Peter Pan

NOTE SUR L'ÉDITION

Le présent volume de *Peter Pan* est une édition par extraits. Les passages supprimés sont signalés et les résumés sont présentés dans un caractère différent, encadrés de crochets.

# I
# Peter débarque

Tous les enfants, hormis un seul, grandissent. Ils savent très tôt qu'ils doivent grandir. Voici comment Wendy l'apprit à son tour : elle avait deux ans et cueillait des fleurs dans un jardin ; elle en cueillit une autre encore et courut l'offrir à sa mère. Elle devait être bien adorable en cet instant, car Mme Darling [1], portant la main à son cœur, s'écria : « Si tu pouvais rester toujours ainsi ! » Elle n'en dit pas plus long, mais dorénavant Wendy [2] sut qu'il lui faudrait grandir. Dès qu'on a deux ans, on n'y échappe pas, on sait. Deux est le commencement de la fin.

La famille habitait au n° 14, et jusqu'à la venue de Wendy, sa mère était la reine. C'était une dame charmante, avec une tournure d'esprit romantique et une bouche si joliment moqueuse. Son esprit romantique ressemblait à ces petites boîtes qui viennent de l'Orient mystérieux et contiennent d'autres boîtes encloses l'une dans l'autre. Vous croyez être arrivé à la dernière, elle en cache encore une à l'intérieur. Quant à cette bouche moqueuse, un baiser y était posé que Wendy ne parvenait jamais

1. ***Darling*** : « chéri », en anglais.

2. ***Wendy*** : ce prénom, courant aujourd'hui, a été inventé par l'auteur. Il résulte de la contraction de « my friendy », prononcé « my fwendy », par la petite fille d'un de ses amis, Margaret Henley, qui ne parvenait pas à articuler le *r*.

à prendre. Il se tenait là, bien ostensiblement[1], au coin des lèvres, à droite.

Et voici comment M. Darling conquit sa femme. Le bataillon des messieurs qui se trouvaient célibataires alors qu'elle était encore jeune fille ayant découvert au même moment qu'ils en étaient amoureux, tous se précipitèrent chez elle pour lui demander sa main. Tous, sauf M. Darling qui prit un fiacre[2] et entra le premier dans la place. Ce fut ainsi qu'il la conquit. Il obtint tout d'elle, à l'exception de la boîte la plus secrète dont il ignora toujours l'existence, et du baiser auquel avec le temps il renonça. [...]

Mme Darling se maria en robe blanche ; au début elle tint les livres de comptes[3] à la perfection, comme en se jouant : il n'y manquait même pas une tête de chou de Bruxelles. Puis, peu à peu, des choux-fleurs entiers passèrent au travers, et à leur place, l'on vit des images de bébés sans visage. Au lieu de les additionner, Mme Darling les dessinait. C'était ses pronostics.

Wendy vint la première, puis John, enfin Michael[4].

Durant une semaine ou deux après la naissance de Wendy, ses parents se demandèrent s'ils pourraient la garder, car cela faisait une bouche de plus à nourrir. M. Darling était très fier de son rejeton[5], mais en homme responsable, il vint s'asseoir sur le lit de sa femme, lui prit la main et se mit à calculer les dépenses futures, sous le regard suppliant de Mme Darling. Elle était prête à courir ce risque, advienne que pourra[6], mais ce n'était pas du tout la façon de voir de son mari : il n'y voyait clair qu'armé d'un crayon

---

1. ***Ostensiblement*** : en évidence, au vu de tous.
2. ***Fiacre*** : ancienne voiture à cheval, qu'on louait à la course ou à l'heure.
3. ***Livres de comptes*** : cahiers dans lesquels est établie la comptabilité du ménage.
4. ***John, Michael*** : deux prénoms des cinq enfants d'Arthur et Sylvia Llewelyn Davies, voisins de Barrie à Kensington. À la mort de ces derniers, Barrie deviendra le tuteur des enfants.
5. ***Son rejeton*** : son fils, le descendant de sa lignée. Au sens propre, le mot désigne une jeune pousse qui apparaît sur la tige d'une plante.
6. ***Advienne que pourra*** : peu importe ce qui peut arriver (vieilli).

et d'une feuille de papier. Et, si par malheur elle l'embrouillait avec ses suggestions, il devait tout recompter depuis le début.

« Cette fois, ne m'interromps pas, demandait-il. J'ai une livre [1] dix-sept ici, deux livres six au bureau ; en me passant de mon café au travail, je gagne dix shillings [2], ce qui fait deux livres neuf shillings et six pence [3], puis tes dix-huit livres trois, cela fait trois livres sept shillings neuf pence, plus cinq zéro zéro – qui est-ce qui remue ? – huit sept neuf, je reporte sept – ne parle pas, mon trésor – plus la livre que tu as prêtée à cet homme qui est venu frapper à la porte – tranquille, bébé – je reporte bébé – ça y est, vous avez réussi ! – que disais-je ? neuf sept neuf ? Oui, neuf sept neuf ! La question est donc de savoir si nous pouvons vivre pendant un an avec neuf livres sept shillings neuf pence.

– Aucun problème, George ! »

Mais Mme Darling avait un préjugé [4] en faveur de Wendy, or c'était lui qui des deux montrait la plus grande force de caractère.

« N'oublie pas les oreillons ! dit-il d'un ton menaçant, et il enfourcha de nouveau son dada [5] : oreillons, une livre. C'est ce que j'inscris, mais je crains que cela ne s'élève à une trentaine de shillings – chut ! – rougeole, une livre et demie, rubéole, une demi-guinée [6], ce qui fait deux quinze six – cesse d'agiter le doigt – coqueluche [7], disons quinze shillings... »

Et la liste s'allongeait, et le total n'était jamais le même.

---

**1.** ***Livre*** ou ***livre sterling*** : unité monétaire anglaise.

**2.** Le shilling est une ancienne unité monétaire anglaise, qui valait un vingtième de la livre.

**3.** ***Pence*** : pluriel de penny, unité monétaire anglaise qui valait, jusqu'en 1971, le douzième du shilling et qui vaut aujourd'hui le centième de la livre.

**4.** ***Préjugé*** : opinion, idée préconçue.

**5.** ***Enfourcha de nouveau son dada*** : retourna à son idée fixe.

**6.** ***Une demi-guinée*** : la moitié d'une guinée, ancienne monnaie anglaise en or de Guinée, qui valait vingt et un shillings.

**7.** ***Coqueluche*** : maladie très contagieuse, qui touche particulièrement les enfants et qui se caractérise par de violentes quintes de toux.

En fin de compte, Wendy passa de justesse, avec un rabais de sept shillings six sur les oreillons, et les deux maladies rouges[1] ramenées à une seule.

La venue de John fut tout aussi âprement discutée, et Michael faillit bien y rester ; pourtant, on les garda tous les deux, et bientôt on pouvait voir les trois petits Darling se rendant à la queue leu leu au jardin d'enfants de Mlle Fulsom, sous la surveillance de leur bonne.

Mme Darling aimait l'ordre, et M. Darling s'efforçait scrupuleusement d'imiter ses voisins. D'où la bonne. Comme ils étaient pauvres, vu le prix du lait que les enfants buvaient en quantité, cette bonne se trouvait être une chienne terre-neuve[2] très collet monté[3], répondant au nom de Nana, et qui n'avait servi aucun maître en particulier avant d'être engagée par les Darling. Ils avaient fait sa connaissance dans le parc de Kensington[4] où elle passait le plus clair de ses loisirs à jeter des coups d'œil furtifs[5] dans les berceaux, ayant toujours considéré les enfants comme une affaire importante. Les bonnes d'enfants négligentes la détestaient pour cette manie, et aussi parce qu'elle les suivait jusqu'au logis et se plaignait à leurs maîtresses.

Nana se révéla d'emblée[6] un vrai trésor de nounou, veillant strictement à l'heure du bain et se levant à n'importe quelle heure

---

**1.** ***Les deux maladies rouges*** : il s'agit de la rougeole et de la rubéole (mots formés sur le latin *rubeus*, « rouge »), qui se caractérisent toutes deux par l'apparition de taches rouges sur le corps.

**2.** ***Terre-neuve*** : chien de sauvetage, de grande taille et à longs poils noirs, dont la race est originaire de Terre-Neuve (province du Canada).

**3.** ***Collet monté*** : d'allure guindée. Le portrait de Nana correspond à celui du chien de Barrie, nommé Porthos, comme le personnage des *Trois Mousquetaires* d'Alexandre Dumas.

**4.** Kensington est un quartier de Londres où vivaient Barrie et ses voisins, les Llewelyn Davies. S'y trouve le parc de Kensington qui date du XVIIe siècle, époque à laquelle le palais qu'il jouxte fut rénové par Guillaume III (1650-1702) ; c'est là que se déroulaient les aventures de Peter Pan dans les premières versions de l'histoire.

**5.** ***Furtifs*** : discrets, à la dérobée (du latin *furtivus*, formé sur *fur*, « voleur »).

**6.** ***D'emblée*** : tout de suite.

de la nuit au moindre gémissement d'un de ses protégés. Car, naturellement, sa niche était installée dans la chambre des enfants. Avec un flair sans pareil, elle savait si votre toux est simplement exaspérante, ou si cela vaut la peine qu'on vous entoure la gorge d'une chaussette. Jusqu'à sa dernière heure, elle resta fidèle aux remèdes de bonne femme comme les feuilles de rhubarbe, et proclamait bien haut son mépris pour ces théories nouveau genre[1] sur les microbes et autres bestioles. On aurait pu prendre une leçon de bonnes manières rien qu'à la voir escorter les enfants jusqu'à l'école ; lorsqu'ils se tenaient bien, elle leur permettait de marcher à côté d'elle, et les rangeait en file indienne s'ils cherchaient à muser[2] en chemin. Les jours de gymnastique, elle n'oubliait jamais le tricot de John, et portait toujours un parapluie dans sa gueule pour le cas où il pleuvrait. Il y avait, dans le sous-sol du jardin d'enfants, une salle où les bonnes attendaient. Elles s'asseyaient sur les banquettes tandis que Nana se couchait sur le plancher. C'était là la seule différence. Néanmoins, celles-ci affectaient de l'ignorer, comme si elle occupait un rang inférieur de la société, et elle, de son côté, n'avait que dédain pour leurs futiles bavardages. Lorsque des amies de Mme Darling venaient visiter la chambre des enfants, Nana, contrariée, subtilisait en un clin d'œil le tablier de John pour lui enfiler à la place celui qui est orné d'un galon bleu, défroissait la robe de Wendy et se précipitait sur les cheveux de John. On n'aurait pu trouver pouponnière mieux gérée. Pourtant, M. Darling, tout en reconnaissant le fait, éprouvait un certain malaise quand il imaginait les commentaires des voisins. Ne devait-il pas songer à son standing ?

Nana le gênait encore d'un autre point de vue : il avait le sentiment qu'elle ne l'admirait pas. « Mais si, George, elle t'admire follement », le rassurait Mme Darling tout en faisant signe aux enfants de se montrer alors particulièrement gentils envers Papa.

---

**1.** James Matthew Barrie écrit son conte au début du XX$^{e}$ siècle ; à l'époque, les microbes sont encore mal connus.

**2.** ***Muser*** : s'amuser à des riens, flâner (vieilli).

[...] Bref, il n'existait pas de famille plus simple, plus heureuse, avant l'arrivée de Peter Pan [1].

Mme Darling eut vent de Peter pour la première fois alors qu'elle était occupée à mettre de l'ordre dans l'esprit de ses enfants. C'est une habitude nocturne de toute bonne mère, de fouiller dans l'esprit de ses enfants dès qu'ils sont endormis et de remettre toute chose d'aplomb pour le lendemain, rangeant à leur place les nombreux objets égarés dans la journée.

[...] Quand, le matin, vous rouvrez les yeux, votre méchanceté, et avec elle les passions mauvaises qui vous ont accompagné au lit, vous les retrouvez pliées en une pile serrée et repoussées tout au fond de votre conscience. Par-dessus sont rangées vos plus jolies pensées, attendant que vous les enfiliez.

Je ne sais s'il vous est arrivé de voir la carte géographique de l'esprit d'une personne. Les docteurs dessinent parfois un schéma d'autres parties de votre corps, et ces croquis suscitent le plus vif intérêt. Mais surprenez-les donc tandis qu'ils s'ingénient à dresser le plan d'un esprit d'enfant, territoire non seulement embrouillé mais qui n'arrête pas un instant de bouger ! Des lignes en zigzag apparaissent, tout comme sur une feuille de température ; ce sont probablement les routes qui sillonnent l'Île, car le pays de l'Imaginaire est toujours plus ou moins une île, avec, ici et là, d'étonnantes taches de couleurs, des récifs de corail et, au large, de fins voiliers corsaires ; et encore des repaires [2] sauvages, des nains – tailleurs pour la plupart –, des grottes où coule une rivière, des princes benjamins de sept frères, une hutte prête à s'effondrer, et une toute petite vieille au nez crochu.

[...] Évidemment, le pays de l'Imaginaire [3] diffère beaucoup d'une personne à l'autre. Celui de John, par exemple, possède

1. Peter est le nom de l'un des enfants des Llewelyn Davies. Pan a peut-être été inspiré par le nom du dieu grec antique des bergers et de la nature sauvage.

2. ***Repaires*** : lieux qui servent de refuge.

3. ***Pays de l'Imaginaire*** : traduction de l'anglais « Neverland » (« pays de jamais »). Il existe en Australie un endroit appelé « Never Never Land ». Ce nom

une lagune[1] où vont volant des flamants roses que John tire à la carabine. Alors que Michael, qui est encore petit, a un flamant rose que survolent des lagunes. John vit dans un bateau échoué dans les sables la quille[2] en l'air, Michael dans un wigwam[3], et Wendy dans une hutte de feuilles habilement cousues ensemble. John n'a pas d'amis. Michael reçoit les siens la nuit. Wendy chouchoute un louveteau abandonné par ses parents. Mais dans l'ensemble, les contrées de l'Imaginaire ont toutes un air de famille, et si elles voulaient bien se tenir en rang devant vous, vous diriez qu'elles ont toutes le même nez, la même bouche, etc. C'est toujours sur ces rivages magiques que les enfants viennent échouer leurs canots. Nous aussi, nous y sommes allés, et bien que nous n'y aborderons jamais plus, nous avons encore dans l'oreille le chant des vagues.

De toutes les Cythères[4], l'Île de l'Imaginaire est la mieux abritée et la plus dense, pas du genre qui s'étire en longueur avec d'ennuyeuses distances d'une aventure à l'autre, mais pleine comme un œuf. Le jour, quand on y joue, avec la nappe et les chaises, elle n'a rien d'effrayant ; mais deux minutes avant de s'endormir, elle devient presque vraie. C'est pourquoi l'on a inventé les veilleuses[5].

Au cours de ses voyages à travers l'esprit de ses enfants, il arrivait à Mme Darling de tomber sur des choses

---

apparaît la première fois dans *Peter Pan ou le Garçon qui ne voulait pas grandir* (1904). Ensuite, Barrie le transforme en « Neverland », comme ici.

1. ***Lagune*** : bassin d'eau de mer calme et lisse car protégé du large par une barrière de terrain.

2. ***Quille*** : pièce axiale située dans la partie inférieure d'un bateau et qui soutient toute la charpente de la coque.

3. ***Wigwam*** : nom de la hutte des Indiens d'Amérique.

4. Cythère est le nom d'une île grecque de la mer Égée proche de la Crète, rendue célèbre par la présence d'un sanctuaire consacré à Aphrodite, déesse de l'amour, et devenue synonyme de lieu imaginaire dédié au plaisir.

5. ***Veilleuses*** : petites lampes de faible éclairage qu'on laisse allumées pendant la nuit.

incompréhensibles pour elle. Entre autres et par-dessus tout : le mot Peter. Elle ne connaissait aucun Peter, et pourtant, il apparaissait çà et là dans la tête de John et de Michael, tandis que Wendy était toute gribouillée de son nom écrit en gros caractères effrontés. Lorsque Mme Darling le déchiffrait, elle lui trouvait l'air joliment sûr de lui.

« Oui, il est plutôt sûr de lui, admit Wendy à regret, comme sa mère la questionnait à son sujet.

– Mais qui est-ce, mon chou ?

– C'est Peter Pan, maman, tu sais bien. »

Sur le coup, Mme Darling ne sut pas du tout, mais en remontant dans son enfance, elle se souvint d'un Peter Pan qui vivait – disait-on – chez les fées. On racontait d'étranges histoires à son propos. Ainsi, on prétendait que, lorsque les enfants meurent, il les accompagne un bout de chemin pour qu'ils n'aient pas peur. Mme Darling y avait cru, autrefois, mais à présent qu'elle était mariée et raisonnable, elle avait peine à admettre qu'un être pareil pût exister.

« D'ailleurs, dit-elle à Wendy, il aurait dû grandir, depuis le temps.

– Non, non, il n'a pas grandi, assura Wendy d'un ton confidentiel. Il a tout juste ma taille. » [...]

Mme Darling consulta son mari, mais celui-ci sourit avec un « pff ! » de mépris.

« Écoute-moi bien, dit-il, c'est quelque idiotie que Nana leur aura fourrée dans la tête, tout à fait le genre d'idées qui vient aux chiens. Laisse courir, ça leur passera... »

Cela ne passa pas, pourtant ! Au contraire, le turbulent garçon allait bientôt donner un choc sérieux à Mme Darling.

Les enfants vivent les plus étranges aventures sans en être aucunement troublés. Ainsi, une semaine après un tel événement, il leur prend l'envie de vous raconter comment, alors qu'ils se promenaient dans la forêt, ils ont rencontré leur père mort et ont joué avec lui. Ce fut de manière accidentelle que Wendy fit un matin une révélation alarmante. On avait découvert sur le parquet de la chambre à coucher des feuilles mortes qui, assurément, ne s'y trouvaient pas lorsque les enfants étaient allés dormir. Mme Darling essayait de résoudre cette énigme quand Wendy expliqua avec un sourire indulgent :

« Je crois que c'est encore ce Peter.

– Que veux-tu dire, Wendy ?

– C'est vilain de sa part, de ne pas balayer », soupira Wendy qui était très soigneuse.

Peter venait parfois dans la chambre pendant la nuit, expliqua-t-elle mine de rien, et il lui jouait de la flûte [1], assis au pied de son lit. Hélas ! elle ne se réveillait jamais, aussi lui était-il impossible de savoir comment elle le savait. Elle le savait, un point c'est tout.

« Tu dis des sottises, mon trésor ! Personne ne peut entrer dans la maison sans frapper.

– Je crois qu'il entre par la fenêtre.

– Ma chérie, voyons ! Au troisième étage ? »

[...] Bon ! Wendy avait dû rêver.

Pourtant, ces feuilles étaient bien là. Mme Darling les examina attentivement. Ce n'étaient plus que des squelettes de feuilles, mais elle pouvait certifier qu'elles ne provenaient d'aucun arbre connu en Angleterre. Elle se mit à quatre pattes sur le plancher, scruta à la chandelle les empreintes d'un pied bizarre, explora la cheminée à l'aide du tisonnier [2], sonda les murs. Puis elle laissa se dérouler un ruban de la fenêtre jusqu'au trottoir : cela représentait une dizaine de mètres, avec guère plus qu'une gouttière pour grimper jusqu'en haut. Plus de doute, Wendy avait rêvé.

---

**1.** Depuis l'Antiquité, la flûte est l'instrument des créatures mythologiques et des divinités liées à la nature – faunes, satyres, nymphes – ainsi qu'au dieu Pan. Dans la mythologie nordique, elle est parfois aussi attribuée aux sorciers, aux elfes, aux lutins ou aux diables.

**2.** ***Tisonnier*** : tige métallique droite ou recourbée qui sert à attiser le feu.

Eh bien non, elle n'avait pas rêvé, comme cela fut démontré précisément la nuit qui suivit et qui marqua le début des extraordinaires aventures des jeunes Darling.

Cette nuit-là, donc, les enfants allèrent une fois de plus se coucher. C'était le jour de congé de Nana et Mme Darling les avait elle-même baignés, puis bercés jusqu'au moment où, l'un après l'autre, ils avaient lâché sa main pour glisser lentement vers le pays du sommeil.

Ils avaient l'air si calme, si paisible, qu'elle sourit de ses propres frayeurs et s'assit tranquillement pour coudre auprès du foyer. C'était une chemise destinée à Michael, la première chemise de sa vie, qu'il mettrait le jour de son anniversaire. La chaleur du feu était douce, la chambre faiblement éclairée par les veilleuses et, à présent la couture avait glissé sur les genoux de Mme Darling. Puis sa tête dodelina [1], oh ! fort gracieusement. Elle s'était endormie. Regardez-les tous les quatre, Wendy et Michael de ce côté-ci, John de celui-là, et Mme Darling près du feu… Il y aurait dû y avoir une quatrième veilleuse.

Dans son sommeil, Mme Darling eut un rêve. Elle rêva que le pays de l'Imaginaire s'était dangereusement rapproché, et qu'un étrange garçon en était débarqué. Il ne l'effrayait pas, […] Mais, dans son rêve, il avait troué le voile qui cache la contrée de l'Imaginaire, et elle vit Wendy, John et Michael qui regardaient par ce trou.

Jusque-là, pas de quoi fouetter un chat. Mais, tandis que le rêve se poursuivait, la fenêtre s'ouvrit violemment et un garçon sauta sur le plancher. Une étrange lumière, pas plus grosse que le poing, l'accompagnait et dansait follement dans l'air de la chambre, comme si elle était vivante. À mon avis, ce fut elle qui réveilla Mme Darling.

Elle poussa un cri, vit le garçon, et je ne sais comment reconnut aussitôt Peter Pan. Si vous aviez été là, ou moi, ou

1. ***Dodelina*** : roula d'une épaule à l'autre sous l'effet du sommeil.

Wendy, nous aurions vu qu'il ressemblait beaucoup au fameux baiser de Mme Darling. C'était un charmant petit gars, vêtu de feuilles et des résines qui suintent des arbres. Mais ce qu'il y avait de plus adorable en lui, c'étaient ses dents de lait qu'il avait au grand complet. S'apercevant qu'il avait affaire à une grande personne, il lui adressa un grincement[1] de ses vingt petites perles blanches.

# II
# L'ombre

Mme Darling cria et, comme en réponse à un coup de sonnette, la porte s'ouvrit. Nana revenait de sa soirée au-dehors. Elle gronda et bondit vers le garçon qui s'élança prestement par la fenêtre. Mme Darling poussa un nouveau cri, de détresse cette fois, certaine que le garçon s'était tué. Elle descendit en courant jusqu'à la rue pour recueillir son petit corps ; elle ne le trouva pas. Elle regarda vers le haut et, dans la nuit noire, crut voir passer une étoile filante.

De retour dans la chambre, elle s'aperçut que Nana tenait quelque chose dans sa gueule. Ce quelque chose se révéla être l'ombre du garçon. Lorsqu'il avait sauté, Nana avait vite fermé la fenêtre, trop tard pour l'attraper lui, mais son ombre était restée coincée[2] ; en claquant, la fenêtre l'avait arrachée.

N'en doutez pas : Mme Darling examina l'ombre avec soin, mais c'était tout à fait une ombre de l'espèce commune.

---

**1.** L'attitude de Peter Pan annonce le comportement qu'il aura tout au long du récit.

**2.** L'ombre, tel le baiser du chapitre I (p. 25), est traitée comme un objet pourvu de consistance ; des faits étranges se mêlent à une réalité tout à fait « normale », comme si de rien n'était : le récit commence à glisser vers le fantastique.

Nana ne demanda pas ce qu'il fallait en faire : la meilleure solution était de la suspendre à la croisée [1]. Ce qu'elle fit, songeant que comme il ne manquerait pas de revenir la chercher, mieux valait la mettre dans un endroit où il pouvait la reprendre sans déranger les enfants.

Malheureusement, Mme Darling ne pouvait laisser l'ombre suspendue à la fenêtre. « On dirait du linge qui sèche. Cela gâte l'allure de la maison », se dit-elle.

Fallait-il la montrer à M. Darling ? Il était en train d'additionner des manteaux d'hiver pour John et Michael, une serviette humide autour de la tête pour se garder les idées claires, c'eût été indécent de l'interrompre. De toute façon, elle savait d'avance qu'il dirait : « Voilà ce qui arrive quand on a un chien comme bonne d'enfants ! »

Elle décida donc de rouler l'ombre et de la ranger soigneusement dans un tiroir en attendant l'occasion d'en parler à son mari. Las [2] !

L'occasion se présenta une semaine plus tard, un certain vendredi d'impérissable [3] mémoire. […]

[Comme on l'apprendra plus tard, ce vendredi est celui de la disparition de Wendy, John et Michael, conduits par Peter Pan vers le pays de l'Imaginaire. Ce jour-là, les Darling se remémorent tous les moments qui ont précédé cette disparition : les jeux des enfants pendant qu'eux se préparaient pour aller dîner chez des voisins, puis la scène du sirop...]

Si maître de lui qu'il fût, [M. Darling] s'était conduit plutôt bêtement à propos de ce sirop. S'il avait une faiblesse, c'était de croire que toute sa vie il avait avalé les médicaments sans

1. ***Croisée*** : menuiserie de la fenêtre (vieilli).
2. ***Las*** : hélas (vieilli).
3. ***Impérissable*** : immortelle (littéralement, « qui ne peut pas périr ») ; « un certain vendredi d'impérissable mémoire » signifie donc « un vendredi inoubliable ».

broncher. Lorsque Michael avait détourné la cuiller dans la gueule de Nana, il avait dit d'un ton réprobateur [1] :

« Sois un homme, Michael !

– J'veux pas ! J'veux pas ! », criait Michael.

Mme Darling alla chercher du chocolat, ce que M. Darling jugea comme un manque de fermeté.

« Ne le gâte pas, maman, lui cria-t-il. Michael, à ton âge, je buvais mon sirop sans faire d'histoire. Je disais : merci, chers parents, de me donner des sirops pour mon bien. »

Il était persuadé que les choses s'étaient passées ainsi, et Wendy le crut également.

« N'est-ce pas que le sirop que tu prends quelquefois est beaucoup plus mauvais, Papa ? dit-elle pour encourager son petit frère.

– Il n'y a pas de comparaison, dit M. Darling, téméraire [2]. Je t'aurais donné l'exemple, Michael, si la bouteille ne s'était égarée. »

Elle ne s'était pas égarée à proprement parler ; une nuit, il était grimpé jusqu'au haut de l'armoire et y avait caché le flacon. Il ignorait que la consciencieuse Liza [3] l'avait trouvé et remis sur l'étagère de la salle de bains.

« Je sais où il se trouve ! s'écria Wendy, toujours prête à rendre service. Je cours le chercher. »

Elle sortit avant qu'il ait pu l'arrêter. Alors bizarrement sa vaillance chancela.

« John, dit-il avec un frisson, c'est un truc infect ; c'est poisseux, c'est fade, c'est écœurant.

– Juste un mauvais moment à passer, papa ! » dit John encourageant.

Wendy rapportait déjà la potion dans un verre.

« J'ai fait le plus vite possible, haleta-t-elle [4].

---

1. ***Réprobateur*** : de reproche.

2. ***Téméraire*** : qui n'a peur de rien (du latin *timeo*, « craindre ») ; par extension, hardi, imprudent.

3. ***Liza*** : l'autre domestique des Darling, une jeune femme.

4. ***Haleta-t-elle*** : dit-elle à bout de souffle.

– Tu as été merveilleusement rapide, rétorqua son père (mais la politesse vindicative[1] de cette réplique échappa à Wendy). Michael d'abord ! ajouta-t-il, têtu.

– Non, papa d'abord ! dit Michael qui était d'un naturel méfiant.

– Ça va me rendre malade, tu sais ? fit M. Darling, menaçant.

– Allons, papa, vas-y ! dit John.

– Toi, tiens ta langue ! », lança son père.

Wendy n'en croyait pas ses yeux.

« J'étais sûre que tu l'avalerais d'un coup, papa !

– Là n'est pas la question ! dit-il. Il y en a plus dans mon verre que dans la cuiller de Michael ! (Son noble cœur était près d'éclater.) Ce n'est pas du jeu. Même en rendant le dernier soupir, je le dirais encore : ce n'est pas du jeu !

– Papa, j'attends, dit Michael, froidement.

– Cela te va bien de le dire ! Moi aussi, j'attends.

– Papa est un dégonflé.

– C'est toi qui es un dégonflé.

– Je n'ai pas peur.

– Moi non plus.

– Alors bois-le.

– Bois-le toi-même. »

Wendy eut une idée formidable.

« Et si vous le buviez en même temps ?

– D'accord, dit M. Darling. Prêt, Michael ?

– Une, deux, trois ! », dit Wendy.

Et Michael avala sa potion tandis que M. Darling cachait la sienne derrière son dos.

Michael poussa un cri de rage.

« Oh papa ! fit Wendy.

– Que signifie ce "Oh papa" ? demanda M. Darling. Arrête ce chahut, Michael ! J'avais l'intention de le boire, mais je… j'ai raté mon coup. »

---

1. ***Vindicative*** : agressive, hargneuse (du latin *vindicare*, « venger »).

C'était terrible, cette façon qu'ils avaient tous trois de le regarder comme s'ils lui retiraient leur estime.

« Hé, venez voir, vous autres, dit-il d'une voix suppliante dès que Nana fut rentrée dans la salle de bains. Je viens d'imaginer une bonne blague. Je vais verser mon sirop dans l'écuelle de Nana, et elle le boira croyant que c'est du lait. » [...]

Cependant, ils n'osèrent pas le dénoncer quand Mme Darling revint avec Nana dans la pièce.

« Nana, brave chienne, dit-il en lui tapotant la tête, je t'ai mis un peu de lait dans ton bol. »

Nana remua la queue, courut vers son écuelle et se mit à laper. Puis elle lança à M. Darling un de ces regards ! Pas un regard de colère, non, mais ce larmoiement pathétique [1] qui vous déchire le cœur de pitié pour la noble race canine. Et elle rampa dans sa niche.

Au fond de lui-même, M. Darling éprouvait une honte immense, mais il ne voulait point reconnaître ses torts. Dans un silence terrifiant, Mme Darling renifla l'écuelle.

« George, dit-elle, c'est ton sirop !

– C'était une farce ! brailla-t-il, tandis que sa femme consolait les garçons et que Wendy serrait Nana dans ses bras. C'est bien la peine que je me donne tant de mal pour vous faire rire ! », ajouta-t-il, amer.

Wendy caressait toujours Nana.

« C'est ça ! cria-t-il. Dorlote-la bien ! Personne ne me dorlote, moi [...]. Je refuse que ce chien reste une heure de plus dans cette chambre à mener une vie de grand seigneur ! »

Les enfants se mirent à pleurer, Nana accourut vers lui d'un air implorant, mais il la repoussa. Il était redevenu l'homme fort.

« Inutile ! s'écria-t-il. Ta place est dans la cour, et je vais tout de suite aller t'y attacher ! »

---

1. ***Pathétique*** : émouvant, qui suscite l'apitoiement (du grec *pathos*, « ce qu'on éprouve »).

[…] Lorsqu'il eut attaché Nana dans la cour de derrière, le misérable père alla s'asseoir dans le corridor, les poings sur les yeux.

Pendant ce temps, dans un silence inaccoutumé, Mme Darling avait couché les enfants et allumé les veilleuses. On entendait Nana aboyer, et John pleurnicha :

« C'est parce qu'il l'enchaîne dans la cour. »

Mais Wendy était plus perspicace [1].

« Non, Nana aboie autrement quand elle est malheureuse, dit-elle loin de se douter de ce qui allait arriver ; ça, c'est son aboiement quand elle flaire un danger.

– Un danger !

– Tu en es sûre, Wendy ?

– Oh oui ! »

Mme Darling frémit et s'assura que la fenêtre était solidement fermée. Elle regarda au-dehors, la nuit fourmillait d'étoiles qui se pressaient autour de la maison, comme curieuses de voir ce qui allait se passer à l'intérieur, mais Mme Darling ne remarqua pas ce détail, ni le fait qu'une ou deux parmi les plus petites lui clignaient de l'œil. Cependant, une peur sans nom étreignit son cœur et la fit soupirer : « Oh ! si seulement je ne sortais pas ce soir ! »

Michael, bien qu'à moitié endormi, perçut l'inquiétude de sa mère et demanda :

« Est-ce qu'il peut nous arriver quelque chose de mal, maman, du moment que les veilleuses sont allumées ?

– Rien, mon trésor, répondit-elle. Les veilleuses sont les yeux que la maman laisse derrière elle pour protéger ses enfants. »

Elle passa de lit en lit, chantant des sortilèges à chacun d'eux, et le petit Michael lui noua les bras autour du cou.

« Maman, s'écria-t-il, je suis content de toi ! »

Ce fut les derniers mots qu'il devait lui adresser avant longtemps.

---

1. ***Perspicace*** : clairvoyante.

Le n° 27 n'était distant que d'une centaine de mètres. Mais il avait un peu neigé et les Darling durent se frayer soigneusement un passage pour ne pas salir leurs souliers. La rue était déjà déserte et toutes les étoiles les observaient. Certes, les étoiles sont belles, mais elles sont incapables de prendre une part active à quoi que ce soit, et condamnées à jamais au rôle de spectatrices. C'est le résultat d'un châtiment, infligé il y a si longtemps qu'aucune d'entre elles ne sait plus pour quel crime. Les plus anciennes ont déjà le regard vitreux[1] et prononcent rarement une parole (les étoiles parlent par scintillement), mais les plus jeunes sont encore capables de s'étonner. Elles ne nourrissent pas de sentiments particulièrement amicaux envers Peter qui a la manie polissonne d'essayer de les souffler en les surprenant par-derrière, mais elles sont tellement friandes[2] d'amusement que cette nuit-là, prenant son parti, elles attendaient impatiemment que les grandes personnes lui laissent le champ libre. Aussi, à peine la porte du n° 27 se fut-elle refermée sur M. et Mme Darling qu'un frémissement secoua tout le firmament[3], tandis que la plus petite étoile de la Voie lactée[4] s'écriait :

« Tu peux y aller, Peter ! »

# III

# Partons, partons !

Après le départ des parents Darling, les veilleuses continuèrent à brûler d'une flamme claire. C'étaient de charmantes petites veilleuses, en vérité. Dommage pour elles qu'elles ne

**1.** ***Vitreux*** : qui ne brille plus, terni.

**2.** ***Friandes*** : gourmandes.

**3.** ***Firmament*** : voûte céleste.

**4.** ***La Voie lactée*** : bande floue et blanchâtre d'étoiles qu'on aperçoit dans le ciel pendant les nuits claires.

soient restées éveillées pour voir Peter. Mais celle de Wendy commença à battre des paupières et bâilla si fort que les deux autres bâillèrent aussi. Puis avant même d'avoir refermé la bouche, toutes trois s'éteignirent.

Alors, mille fois plus vive que les veilleuses, une autre lumière brilla dans la chambre et, en moins de temps qu'il ne faut pour le dire, elle avait exploré tous les tiroirs, fouillé l'armoire, et retourné toutes les poches. En réalité, ce n'était pas une lumière, mais quelque chose qui zébrait l'obscurité de traînées lumineuses et rapides ; et lorsque cela s'arrêta un instant, il apparut que c'était une fée, pas plus grande que la main, car elle n'avait pas terminé sa croissance.

Cette fille-fée, nommée Clochette-la-Rétameuse [1], était vêtue d'une feuille taillée très court, ce qui avantageait sa gracieuse silhouette, légèrement encline à l'embonpoint [2].

Peu après l'apparition de la fée, la fenêtre s'ouvrit tout grand, poussée par le souffle des étoiles, et Peter fit son entrée. Comme il avait porté Clochette une partie du chemin, sa main était toute barbouillée de pollen des fées.

« Clo, appela-t-il doucement après s'être assuré que les enfants dormaient, Clochette, où es-tu ? »

Pour le moment, elle se trouvait à l'intérieur d'un broc de toilette [3] et s'y plaisait énormément ; elle n'en avait jamais visité auparavant.

« Dépêche-toi de sortir de là et dis-moi si tu sais où ils ont mis mon ombre. »

Un tintement argentin [4] des plus jolis lui répondit. C'était la langue des fées. Vous autres, enfants ordinaires, ne pouvez

---

**1.** Le nom de Clochette est formé sur le verbe « rétamer », qui signifie réparer les ustensiles en métal ou en étain. C'est ce qu'indique Peter Pan, p. 49.

**2.** ***Encline à l'embonpoint*** : qui a tendance à prendre des rondeurs.

**3.** ***Broc de toilette*** : sorte de cruche, récipient à bec évasé servant à la toilette.

**4.** ***Argentin*** : se dit d'un son très clair, cristallin.

l'entendre, mais si cela vous arrivait jamais, il vous souviendrait alors que vous l'avez déjà entendu.

Clo dit que l'ombre se trouvait dans la grande boîte. Elle désignait par là la commode. Peter bondit vers les tiroirs, en vida à deux mains le contenu sur le plancher, comme un roi jette des sous à la foule. Il retrouva bientôt son ombre et en fut si content qu'il referma le tiroir en oubliant Clochette dedans.

Dans sa pensée (si tant est qu'il pensât, ce dont je doute), lui et son ombre auraient dû aussitôt se ressouder comme deux gouttes d'eau s'unissent l'une à l'autre. Or, à sa grande frayeur, l'ombre ne voulut pas reprendre sa place. Il essaya de la recoller avec du savon : en vain ! Frissonnant de tout son corps, il s'assit par terre et fondit en larmes.

Ses sanglots réveillèrent Wendy qui s'assit dans son lit. La vue d'un inconnu pleurant sur le plancher, loin de lui causer la moindre frayeur, l'intéressa vivement.

« Petit garçon, demanda-t-elle poliment, pourquoi pleures-tu ? »

Peter avait appris les belles manières en assistant aux cérémonies des fées, et il savait se montrer extrêmement courtois. Il se leva donc et fit une superbe révérence. Flattée, Wendy lui rendit ce beau salut de son lit.

« Comment t'appelles-tu ? demanda Peter.

– Wendy Moira Angela Darling, répondit-elle avec une satisfaction évidente. Et toi ?

– Peter Pan. »

Elle le savait déjà, bien sûr, mais ce nom sonnait si court en comparaison du sien.

« C'est tout ? dit-elle.

– C'est tout », répondit-il sèchement.

Pour la première fois, il trouvait son nom un tantinet sommaire [1].

« Désolée, dit Wendy Moira Angela.

---

1. ***Un tantinet sommaire*** : un peu bref.

– C'est sans importance», répondit Peter, la gorge contractée.

Elle demanda alors où il habitait.

« La deuxième à droite, et puis droit devant jusqu'au matin.

– Quelle drôle d'adresse ! »

Peter eut un serrement de cœur. Qu'avait-elle de drôle, son adresse ?

« Non, ce n'est pas drôle », répliqua-t-il.

Wendy se souvint de ses devoirs de maîtresse de maison, et dit doucement :

« Je voulais dire : est-ce cela qu'on écrit sur le courrier ? »

Elle l'ennuyait avec cette question !

« Je ne reçois jamais de courrier, dit-il méprisant.

– Pas toi, mais ta maman ?

– Je n'ai pas de maman. »

Non seulement il n'avait pas de maman, mais il n'éprouvait aucun désir d'en avoir une. À son avis, on surestimait l'importance de ces créatures. Mais Wendy crut se trouver en présence d'un drame.

« Oh Peter, dit-elle, je comprends pourquoi tu pleurais. »

Et elle sauta du lit pour venir près de lui.

« Je ne pleurais pas à cause des mères, fit-il, indigné. Je pleurais à cause de mon ombre qui ne veut pas tenir. Et puis, d'abord, je ne pleurais pas.

– Elle s'est détachée ?

– Oui. »

Wendy vit alors l'ombre gisant sur le parquet comme une pauvre loque[1] et elle se sentit pleine de compassion[2] pour Peter.

« C'est affreux », dit-elle.

Toutefois, elle ne put s'empêcher de sourire en voyant qu'il avait essayé de la recoller avec du savon. Tous les mêmes, ces garçons ! Elle sut immédiatement comment réparer les dégâts.

---

1. ***Loque*** : chiffon, haillon.

2. ***Compassion*** : sentiment qui porte à partager la souffrance, la peine d'autrui (du latin *cum*, « avec », et *patior*, « souffrir »).

« Il faut la recoudre, dit-elle avec un brin de condescendance[1].

– Recoudre ? Qu'est-ce que ça veut dire ?

– Mais tu es d'une ignorance crasse[2] !

– Pas du tout ! »

Cette découverte la fit jubiler[3].

« Je vais te la recoudre, mon petit bonhomme », dit-elle bien qu'il fût aussi grand qu'elle.

Elle sortit sa trousse de couture et entreprit de raccommoder l'ombre aux pieds de Peter.

« Cela va te faire un peu mal, le prévint-elle.

– Je ne pleurerai pas », répondit Peter, convaincu qu'il n'avait jamais pleuré de sa vie.

Il serra les dents et ne pleura pas. Bientôt l'ombre tenait correctement, mais elle était un peu fripée.

« J'aurais dû la repasser », dit Wendy pensivement.

Mais comme tous les garçons, Peter n'attachait aucun prix aux apparences et il se mit à danser de joie.

« Comme je suis malin ! », claironnait-il, convaincu d'avoir lui-même réparé le dommage.

Bien qu'à contrecœur, nous devons le reconnaître : la vanité de Peter était l'une de ses plus attachantes qualités.

Pour mettre brutalement les points sur les *i*, il n'y eut jamais de garçon plus crâneur[4].

Sur le coup, Wendy se sentit vexée.

« Tu n'es pas prétentieux ! fit-elle, sarcastique[5]. Bien entendu, moi, je n'ai rien fait !

---

1. ***Avec un brin de condescendance*** : en manifestant un léger mépris, en affectant un air de supériorité.
2. ***Crasse*** : grossière (du latin *crassus*, « grossier »).
3. ***Jubiler*** : éprouver ou manifester une joie très vive (du latin *jubilare*, « pousser des cris de joie »).
4. ***Crâneur*** : prétentieux, qui a la « grosse tête », c'est-à-dire dont le crâne est gonflé de vanité (familier).
5. ***Sarcastique*** : ironique, presque mordante (formé sur le grec *sarkazein*, « mordre la chair »).

– Tu m'as un peu aidé, concéda[1] négligemment Peter tout en continuant à danser.

– Un peu ! répéta-t-elle avec dépit[2]. Si je ne sers à rien, je peux aussi bien me retirer. »

Elle retourna dignement se coucher et se cacha le visage sous les couvertures.

Peter feignit alors de s'en aller, pour la provoquer, mais la manœuvre échoua. Il vint donc s'asseoir au pied du lit, et lui tapota gentiment le pied.

« Wendy, pria-t-il, reviens. Je ne peux pas m'empêcher de pavoiser[3] quand je suis content de moi. »

Wendy demeura invisible, mais elle écoutait intensément.

« Wendy, poursuivit-il, d'une voix à laquelle nulle femme ne résistait jamais, Wendy, une fille est plus utile que vingt garçons. »

Wendy se sentit femme des pieds à la tête – bien que cela ne fît pas tellement de centimètres – et jeta un coup d'œil par-dessus les draps.

« Tu le penses sincèrement, Peter ?

– Absolument.

– C'est gentil de ta part, déclara-t-elle ; dans ce cas, je me relève. »

Et elle s'assit sur le lit, à côté du garçon. Elle offrit aussi de lui donner un baiser s'il voulait, et Peter, ignorant ce qu'était un baiser, tendit aussitôt la main. Wendy le regarda, atterrée.

« Tu sais ce que c'est qu'un baiser, tout de même ?

– Je le saurai quand tu me l'auras donné », répliqua Peter d'un ton cassant.

Pour ne pas le froisser davantage, Wendy lui fit présent d'un dé à coudre.

---

1. ***Concéda*** : admit, accepta.
2. ***Dépit*** : tristesse mêlée de colère liée à une déception.
3. ***Pavoiser*** : à l'origine, orner de pavillons (c'est-à-dire de drapeaux) un bateau ou un bâtiment en signe de fête ; par extension, manifester une très grande joie.

« À moi, maintenant, dit Peter. Veux-tu un baiser ?

– Volontiers », fit-elle, l'air un peu guindé.

Puis, sans plus de manière, elle tendit la joue. Peter lui mit dans la main un gland qui servait de bouton à son habit. Wendy ramena lentement son visage à sa position initiale et déclara qu'elle porterait désormais ce baiser suspendu à la chaîne de son cou. Heureuse idée qui devait par la suite lui sauver la vie [1] !

Lorsque des gens de notre monde ont achevé de faire les présentations, il est d'usage qu'ils s'interrogent l'un l'autre sur leur âge. Soucieuse de respecter les règles, Wendy voulut savoir l'âge de Peter. Mais la question était vraiment mal choisie en l'occurrence. Supposez qu'un jour d'examen, vous souhaitiez être interrogé sur les rois d'Angleterre, et qu'on vous pose une colle en grammaire, vous comprendrez l'embarras de Peter.

« Je ne sais pas, répondit-il mal à l'aise. Je sais seulement que je suis très jeune. »

En fait, il était très mal informé sur le sujet et n'avait que de vagues soupçons.

« Je me suis enfui le jour de ma naissance », dit-il tout à trac [2].

Surprise, mais vivement intéressée, Wendy lui fit signe de se rapprocher, en tapotant sa chemise de nuit avec une grâce d'habituée de salons [3].

« J'ai entendu mes parents parler de ce qui m'attendait quand je serais un homme, expliqua Peter à voix basse. (On le sentait très agité maintenant.) Je ne veux jamais devenir un homme, s'écria-t-il avec véhémence [4]. Je veux toujours rester un petit garçon et m'amuser. C'est pour cela que je me suis sauvé au parc de Kensington, et j'y ai vécu longtemps parmi les fées. »

---

**1.** Voir p. 83.

**2.** ***Tout à trac*** : d'un seul coup, sans réfléchir.

**3.** ***Avec une grâce d'habituée de salons*** : affectant les manières d'une femme du monde.

**4.** ***Avec véhémence*** : avec emportement, avec passion (du latin *vehemens*, « passionné »).

Wendy le regarda avec une immense admiration. Il crut que c'était à cause de sa fugue, mais en réalité Wendy l'admirait de connaître des fées. Pour quelqu'un qui a toujours vécu au sein de sa famille, connaître des fées peut sembler fascinant. Elle fit mille questions à leur sujet, à la grande surprise de Peter qui les tenait plutôt pour des personnes assommantes.

« Elles se mêlent tout le temps de mes affaires, dit-il, et je suis souvent obligé de leur flanquer une raclée. »

Mais en général il les aimait bien et raconta à Wendy d'où elles tirent leur origine.

« Quand le premier de tous les bébés se mit à rire pour la première fois, son rire se brisa en mille morceaux qui sautillèrent de tous côtés et devinrent des fées. »

Peter ne trouvait pas cela très intéressant, mais pour Wendy, si casanière[1], c'était passionnant à écouter.

« Et depuis, poursuivit Peter accommodant[2], chaque petit garçon ou fille devrait avoir sa fée.

– Devrait ? Ce n'est donc pas toujours ainsi ?

– Non, vois-tu, les enfants sont tellement savants de nos jours qu'ils ne croient plus aux fées. Toutes les fois qu'un enfant déclare : "Je ne crois pas aux fées", alors l'une d'entre elles tombe raide morte. »

Assez causé sur ce sujet, pensa-t-il. Mais au fait, et Clochette ? Ce n'était pas normal qu'elle se tînt si tranquille.

« Je ne peux pas croire qu'elle soit partie, dit-il en se levant. Clochette, où es-tu ? »

Le cœur de Wendy palpita d'émotion.

« Peter ! s'écria-t-elle en s'agrippant à lui, ne me dis pas qu'il y a une fée dans cette pièce !

– Elle était là tout à l'heure, répondit-il un peu impatienté. Écoute ! Tu n'entends rien ? »

Tous deux tendirent l'oreille.

---

1. ***Casanière*** : qui aime rester à la maison (de l'espagnol *casanero* ou *casa*, « maison »).
2. ***Accommodant*** : qui est arrangeant, qui ne veut pas contrarier.

« J'entends comme un tintement de clochettes, dit Wendy.

– C'est Clo, c'est la langue des fées. Je crois que je l'entends aussi. »

Comme le bruit venait de la commode, Peter éclata de rire. Pour la gaieté, Peter était insurpassable, et son rire, le plus frais des gazouillis. Un gazouillis de bébé.

« Wendy, pouffa-t-il, je crois que je l'ai enfermée dans le tiroir ! »

Il libéra aussitôt la pauvre Clochette qui voleta dans la chambre en glapissant[1] de fureur.

« Tu ne devrais pas dire des choses pareilles, lui répondit Peter. Bien sûr que je regrette, comment pouvais-je savoir que tu étais dans le tiroir ? »

Wendy n'avait d'yeux que pour la fée.

« Peter, si seulement elle pouvait se tenir tranquille, pour que je puisse la regarder ? demanda-t-elle.

– Elles tiennent difficilement en place », dit le garçon.

Pourtant, la romanesque petite personne se posa un instant au sommet du coucou, et Wendy put l'examiner.

« Comme elle est mignonne ! », s'exclama-t-elle, bien que le visage de la fée grimaçât de fureur.

« Clo, dit aimablement Peter, cette dame dit qu'elle aimerait t'avoir pour fée. »

Clochette répondit par une insolence.

« Que dit-elle, Peter ?

– Elle n'est pas très polie. Elle dit que tu es une grande vilaine fille, et qu'elle est ma fée, traduisit-il. Voyons, Clo, tu sais bien que tu ne peux pas être ma fée : je suis un monsieur et tu es une dame.

– Espèce d'imbécile ! lança Clochette qui disparut dans la salle de bains.

– C'est une fée très ordinaire, dit Peter en guise d'excuse. On l'appelle Clochette la-Rétameuse parce qu'elle répare les casseroles et les bouilloires. »

1. ***En glapissant*** : en poussant des cris aigus.

Tous deux s'étaient installés dans le fauteuil et Wendy assaillait à nouveau Peter de questions.

« Si tu n'habites plus dans le parc de Kensington…

– Cela m'arrive encore quelquefois.

– Mais où vis-tu la plupart du temps ?

– Avec les garçons perdus.

– Qui sont-ils ?

– Des enfants qui sont tombés de leur landau [1] pendant que leur bonne regardait de l'autre côté. Si on ne vient pas les réclamer dans la semaine, ils sont expédiés très loin, au pays de l'Imaginaire, pour couvrir les frais. Je suis leur capitaine.

– Comme ce doit être amusant !

– Oui, dit Peter avec finesse, mais nous nous sentons un peu seuls : nous manquons de compagnie féminine.

– Comment ? Il n'y a que des garçons ?

– Les filles sont bien trop intelligentes pour tomber de leur landau. »

Cette explication chatouilla délicieusement l'amour-propre de Wendy.

« Tu parles très gentiment des filles, dit-elle. John n'a que mépris pour nous ! »

Pour toute réponse, Peter se leva et, d'un coup de pied, chassa du lit John, les couvertures et tout le reste. D'un seul coup de pied. Wendy trouva ce geste plutôt cavalier, s'agissant d'une première rencontre, et lui fit remarquer avec humeur qu'il n'était pas le capitaine dans sa maison. Mais John continuait à dormir si paisiblement sur le parquet qu'elle permit à Peter de rester.

« D'ailleurs, l'intention était bonne, reconnut-elle, aussi je t'autorise à me donner un baiser. »

Elle avait oublié qu'il ignorait ce que c'est.

« Je savais bien que tu voudrais le reprendre, dit-il avec amertume en lui tendant le dé.

1. ***Landau*** : voiture d'enfant montée sur de hautes roues, à capote rabattable, originaire de Landau, ville d'Allemagne.

– Oh non ! dit la bonne Wendy, je ne voulais pas dire un baiser, mais un dé !

– Qu'est-ce que c'est ?

– C'est ça ?

– C'est amusant, dit gravement Peter. À mon tour de te donner un dé. »

Peter déposa un « dé » sur sa joue mais, au même moment, elle poussa un cri.

« Qu'y a-t-il ?

– On dirait que quelqu'un me tire les cheveux !

– Ce doit être Clo. Je ne l'ai jamais vue aussi méchante que cette nuit. »

Clochette avait repris sa danse désordonnée et proférait[1] mille impertinences.

« Elle dit qu'elle te tirera les cheveux chaque fois que je te donnerai un dé, traduisit-il.

– Pourquoi donc ?

– Pourquoi, Clo ?

– Espèce d'imbécile ! », répliqua Clochette.

Peter ne comprit pas pourquoi, mais Wendy comprit parfaitement. Elle fut même légèrement déçue quand Peter reconnut qu'il n'était pas venu spécialement pour la voir mais pour écouter des histoires.

« Je n'en connais pas, expliqua-t-il ; aucun des garçons perdus n'en connaît non plus.

– C'est vraiment malheureux, observa Wendy.

– Sais-tu pourquoi les hirondelles font leurs nids sous les toits ? C'est pour écouter les histoires. L'autre fois, ta maman en racontait une si jolie, Wendy.

– Laquelle ?

– Celle du prince qui cherchait la demoiselle à la pantoufle de vair.

---

1. ***Proférait*** : disait à voix haute (du latin *proferre*, « porter en avant »).

– Cendrillon ! fit Wendy enthousiaste. Eh bien, il a fini par la trouver, et tous deux se marièrent et vécurent heureux.

– Où vas-tu ? s'écria Wendy inquiète.

– Le dire aux autres.

– N'y va pas, Peter ! supplia-t-elle. Je connais tellement d'histoires. »

Ce furent ses propres paroles ; impossible de le nier, ce fut elle qui le tenta la première.

Il revint sur ses pas, avec dans les yeux une lueur gourmande qui aurait dû la mettre sur ses gardes mais qui ne le fit pas.

« Oh ! toutes les histoires que je pourrais raconter aux garçons ! », s'écria-t-elle.

Peter la saisit par le bras et la tira vers la fenêtre.

« Lâche-moi ! se défendit-elle.

– Wendy, viens avec moi, je t'en prie, tu nous raconteras tes histoires. »

Cette demande lui fit plaisir, pourtant elle répondit :

« Hélas, je ne peux pas. Pense à maman ! et puis, je ne sais pas voler.

– Je t'apprendrai !

– Comme ce serait formidable !

– Je t'apprendrai à voler sur le dos du vent, et après tu t'envoles !

– Oooh ! dit-elle avec ravissement [1].

– Et au lieu de dormir dans ce lit stupide, tu pourrais voler avec moi et monter dire des plaisanteries aux étoiles.

– Oooh !

– Et puis tu verrais les sirènes…

– Les sirènes ! Avec une queue de poisson ?

– Une queue splendide !

– Oh ! cria Wendy. Voir une sirène !

---

1. ***Ravissement*** : émerveillement.

– Wendy, ajouta Peter de plus en plus roué[1], si tu savais comme nous te respecterons ! »

Wendy se tortillait de désespoir, comme si elle faisait tous ses efforts pour se retenir au plancher de la chambre.

« Wendy, souffla le jeune démon sans pitié, tu nous borderas dans notre lit !

– Oooh !

– Personne ne nous a jamais bordés dans notre lit.

– Ooh ! »

Wendy tendit les bras.

« Et tu repriseras nos habits, tu nous feras des poches. Aucun d'entre nous n'a de poches !

– Comment résister ? C'est trop merveilleux ! s'écria-t-elle. Peter, apprendrais-tu à voler à John et à Michael ?

– Si tu y tiens », dit Peter avec indifférence.

Wendy courut secouer ses frères.

« Réveillez-vous ! Peter Pan est là ! Il va nous apprendre à voler ! »

John se frotta les yeux.

« Alors je me lève, dit-il (mais il était déjà sur le plancher), salut ! »

Michael lui aussi était debout, l'air plus tranchant qu'un couteau à six lames, mais Peter leur fit soudain signe de se taire. Leur visage prit l'expression pleine de malice des enfants qui guettent les bruits provenant du monde des adultes. Mais on n'entendait rien. Tout allait bien. Non ! Stop ! Tout allait très mal ! Nana qui n'avait cessé d'aboyer désespérément toute la soirée se taisait maintenant. C'est son silence qu'on entendait.

« La lumière ! Cache-toi ! Vite ! », commanda John pour la première et la dernière fois de cette aventure.

Lorsque Liza entra avec Nana, la chambre avait son brave air de tous les jours, ou plutôt de toutes les nuits ; vous auriez juré

1. ***Roué*** : rusé, malin.

entendre dans le noir s'élever le souffle angélique des trois petits dormeurs. Avec quelle science ils respiraient doucement derrière les rideaux !

Liza était de mauvaise humeur à cause de Nana qui l'avait interrompue dans sa préparation des puddings[1] de Noël. L'inquiétude absurde de la chienne l'avait attirée hors de la cuisine – elle avait encore un raisin sec collé sur la joue. Le seul moyen de calmer Nana, pensa-t-elle, était de l'amener un moment dans la chambre des enfants, mais sous sa garde naturellement.

« Toi et tes soupçons ridicules ! lui dit-elle, pas fâchée que Nana fût tombée en disgrâce. Tu vois bien que tout est tranquille. Les petits anges dorment paisiblement. Écoute-les respirer gentiment. »

Encouragé par son succès, Michael se mit à souffler comme un bœuf, ce qui faillit les trahir. Nana n'était pas dupe de ce genre de respiration artificielle, et se débattit pour échapper à Liza. Mais la domestique avait l'esprit obtus[2].

« Ça suffit, Nana, gronda-t-elle sévèrement en la poussant hors de la chambre. Je te préviens, si tu recommences à aboyer, je cours chercher M'sieur et M'dame, et je les ramène à la maison. Alors, gare à la raclée, ma vieille ! »

Elle remit la pauvre chienne à la chaîne, mais Nana ne cessa pas d'aboyer pour autant. Ramener M'sieur et M'dame à la maison ? C'était justement ce qu'elle voulait ! Qu'importait la raclée, pourvu que ses protégés fussent sauvés ? Hélas, Liza retourna à ses puddings et Nana, en désespoir de cause, se mit à tirer sur sa chaîne, à tirer et à tirer tant qu'à la fin elle se rompit. L'instant d'après, la chienne faisait irruption dans la salle à manger du n° 27 et levait les pattes au ciel, avec une expression tragique facile à interpréter. M. et Mme Darling comprirent immédiatement qu'il se passait une chose terrible dans la chambre des enfants, et se précipitèrent dans la rue sans même prendre congé de leurs hôtes.

1. ***Puddings*** : gâteaux traditionnels anglais, servis en particulier à Noël.
2. ***Obtus*** : qui manque de discernement, borné.

Mais dix minutes déjà s'étaient écoulées depuis que les petits garnements avaient joué leur comédie derrière les rideaux. Tout ce que peut faire Peter en dix minutes ! Revenons donc sans tarder à la chambre à coucher.

« L'alerte est passée, dit John en sortant de sa cachette. Alors, Peter, sais-tu vraiment voler ? »

Préférant une démonstration à des explications ennuyeuses, Peter fit en volant le tour de la pièce, balayant au passage le dessus de cheminée.

« Épatant ! applaudirent John et Michael.

– Délicieux ! cria Wendy.

– Oui, je suis épatant, oui, je suis délicieux », dit Peter retombant dans son travers [1].

Cela semblait merveilleusement facile ; ils essayèrent d'abord à partir du sol, puis de leurs lits, mais au lieu de s'élever, ils plongeaient.

« Comment fais-tu, à la fin ? », demanda John en se frottant le genou.

C'était un garçon réaliste et pratique.

« Vous n'avez qu'à penser à des choses merveilleuses, explique Peter, elles vous emporteront dans les airs. »

Et il refit sa démonstration.

« Tu vas trop vite, dit John. Tu ne peux pas le faire une fois au ralenti ? »

Peter vola une fois vite une fois lentement.

« Ça y est, Wendy, j'ai pigé ! », s'écria John, mais l'instant d'après, il dut admettre son erreur.

Aucun d'eux ne parvenait à voler d'un pouce, bien que Michael lui-même en fût déjà aux mots de deux syllabes alors que Peter ignorait tout de A à Z.

Évidemment, Peter s'était moqué d'eux ; personne ne peut voler tant qu'on ne l'a pas saupoudré de pollen des fées. Par

1. ***Travers*** : tort.

bonheur, on s'en souvient, Peter en avait encore sur la main et il en souffla un peu sur chacun d'eux. Les résultats ne se firent pas attendre.

« Remuez vos épaules comme ceci, dit Peter, et laissez-vous aller. »

Tous trois étaient sur le lit et le vaillant Michael se laissa aller le premier. Non qu'il en eût l'intention, mais il le fit et traversa l'espace aérien de la chambre.

« J'ai volé ! », cria-t-il encore à mi-parcours.

John se laissa aller à son tour et rencontra Wendy près de la salle de bains.

« Fantastique !

– Sensationnel !

– Regardez-moi !

– Regardez-moi !

– Regardez-moi ! »

Leurs mouvements n'atteignaient pas la grâce du vol de Peter, leurs pieds ne pouvaient s'empêcher de gigoter, mais leurs têtes rebondissaient doucement contre le plafond et il n'est pas de sensation plus exquise que celle-là. Au début, Peter donna la main à Wendy, mais dut y renoncer tellement la fée Clo en prenait ombrage [1].

Ils montaient, descendaient, tournaient, viraient... Wendy n'avait qu'un mot à la bouche « Divin... »

« Et si on allait tous dehors ? », suggéra John.

C'est à cela, précisément, que Peter voulait les amener. Michael était prêt : il désirait voir en combien de temps il parcourrait un billion [2] de kilomètres. Seule Wendy hésitait encore.

« Les sirènes, répéta Peter.

– Oooh !

– Et il y a aussi des pirates...

---

1. ***En prenait ombrage*** : s'en offensait.
2. ***Un billion*** : mille millions (vieilli).

– Des pirates ! cria John en prenant son chapeau du dimanche. Partons tout de suite ! »

À la minute même, M. et Mme Darling sortaient précipitamment du n° 27. Ils coururent au milieu de la chaussée afin d'apercevoir la fenêtre de la chambre ; elle était bien fermée, mais la pièce resplendissait de lumière et ce qui porta leur angoisse à son comble, ce fut la vision de trois petites ombres en vêtements de nuit qui se projetaient sur les rideaux et tournoyaient non pas sur le plancher mais dans l'air.

Trois ombres ? Non ! Quatre !

En tremblant, ils ouvrirent la porte d'entrée. M. Darling allait grimper les escaliers quatre à quatre, mais Mme Darling lui fit signe de monter doucement. Son propre cœur, elle s'efforçait de le faire battre doucement.

Arriveront-ils à temps à la chambre des enfants ? Si oui, tant mieux pour eux, et nous pousserons tous un soupir de soulagement, mais alors, d'histoire, point !

En revanche, s'ils arrivent trop tard, je vous promets solennellement que tout s'arrangera pour le mieux à la fin.

Ils seraient arrivés à temps, sans doute, sans les petites étoiles qui les observaient et qui rouvrirent rapidement la fenêtre, tandis que la plus petite de toutes avertissait Peter :

« Vingt-deux ! »

Peter comprit qu'il n'y avait pas une seconde à perdre.

« Venez ! », dit-il d'un ton impérieux.

Et il s'élança dans la nuit, suivi de John, de Michael et de Wendy.

M. et Mme Darling et Nana se ruèrent dans la chambre. Trop tard. Les oiseaux s'étaient envolés.

# IV

## Le voyage dans les airs

« La deuxième à droite, et droit devant jusqu'au matin ! »

Peter l'avait dit à Wendy, tel est le chemin qui mène à l'Imaginaire ; mais les oiseaux eux-mêmes, quand ils auraient emporté des cartes pour les consulter à la croisée des vents, auraient trouvé ces renseignements insuffisants. Peter, voyez-vous, avait l'habitude de dire tout ce qui lui passait par la tête.

Au début, ses compagnons se fièrent aveuglément à lui. C'était si agréable de voler qu'ils perdirent beaucoup de temps à tournoyer autour des clochers et des tours, seulement pour le plaisir. John et Michael faisaient la course à travers les espaces célestes. C'était autrement formidable que voler dans une chambre ! Dire qu'ils en étaient si fiers, il n'y a pas si longtemps.

Pas si longtemps ? Mais encore ? Depuis combien de temps déjà ? Ils survolaient la mer quand cette question vint troubler Wendy. John estimait qu'ils en étaient à la deuxième mer et à la troisième nuit. Tantôt il faisait sombre, tantôt clair, tantôt glacial, tantôt étouffant. Avaient-ils vraiment faim, ou faisaient-ils seulement semblant parce que Peter avait un si drôle de moyen de les approvisionner ? Cela consistait à poursuivre les oiseaux et à leur chiper la proie qu'ils tenaient dans leur bec quand elle était comestible pour l'homme. Les oiseaux essayaient de récupérer leur bien, et c'étaient de folles poursuites sur des centaines de kilomètres, qui se terminaient par un partage à l'amiable. Non sans une légère inquiétude, Wendy observa que Peter ne semblait pas se douter que cette façon de gagner son pain quotidien n'était pas très régulière [1], ni qu'il existait d'autres manières de le faire.

1. ***Régulière*** : honnête.

Quant à avoir sommeil, ils ne faisaient pas semblant. Ils avaient sommeil. Et c'était dangereux, car dès qu'ils s'endormaient, plouf ! ils tombaient. Pour comble, Peter trouvait cela amusant.

« Le voilà qui dégringole ! », s'écriait-il joyeusement quand Michael chutait comme une pierre.

« Sauve-le ! », suppliait Wendy avec un regard affolé vers la mer si loin là-bas en bas.

Peter finissait toujours par plonger et rattrapait Michael juste au ras des flots. Son agilité tenait du miracle, mais il attendait toujours la dernière minute pour se porter à la rescousse[1], et il était évident qu'il prenait plus d'intérêt à montrer son adresse qu'à sauver une vie humaine. En outre, étant d'humeur changeante, ce qui l'amusait en ce moment l'ennuyait l'instant d'après, et l'on se demandait s'il n'allait pas vous laisser choir[2] à la prochaine occasion.

Lui-même était capable de dormir sans tomber ; il se mettait tout simplement sur le dos et flottait. Car il était excessivement léger : vous auriez pu le faire avancer rien qu'en soufflant dessus.

« Montre-toi plus courtois avec lui, chuchota Wendy à John alors qu'on jouait à "suivez le guide".

– Qu'il cesse d'abord de crâner ! », répliqua John.

Au jeu de « suivez le guide », il fallait raser la crête des vagues et toucher au passage la queue des requins, de la même façon qu'on laisse courir sa main sur une rampe d'escalier. Peter était le seul à y réussir, et se retournait pour voir combien de fois les autres manquaient le but, ce qui, en effet, pouvait passer pour de la crânerie.

« Vous devez être aimable avec lui, insista Wendy auprès de ses frères. Que ferons-nous s'il nous abandonne ?

– Nous retournerons en arrière, dit Michael.

– Et comment retrouverons-nous notre chemin sans son aide ?

– En ce cas, nous poursuivrons en avant, dit John.

---

**1.** ***À la rescousse*** : au secours.

**2.** ***Choir*** : tomber, employé ici au sens figuré comme au sens propre.

– Voilà justement ce qu'il y a de terrible, John. Nous serions obligés de continuer parce que nous ne savons pas comment nous arrêter. »

C'était vrai. Peter avait oublié de le leur montrer.

John déclara que si le pire devait arriver, il ne leur resterait qu'à poursuivre droit devant eux. Étant donné que la terre est ronde, ils finiraient bien par se retrouver à un moment devant leur propre fenêtre.

« Et qui va nous donner à manger ?

– J'ai fauché une jolie prise au bec de cet aigle, Wendy.

– Oui, John, au vingtième essai, lui rappela sa sœur. Et même si nous devenions habiles à voler de la nourriture, tu vois bien, nous ne cessons pas de nous cogner aux nuages quand il n'est pas là pour nous prendre par la main. »

Effectivement, ils n'arrêtaient pas de se cogner. Ils volaient plus sûrement à présent ; mais, lorsqu'ils apercevaient un nuage devant eux, plus ils cherchaient à l'éviter, plus ils fonçaient droit dedans. Si Nana avait été là, Michael aurait porté un bandeau autour du front depuis longtemps.

[...] Quant à Peter, à plusieurs reprises, il semblait les avoir oubliés. Wendy en était certaine. Une fois, elle avait même dû lui rappeler son nom.

« C'est moi, Wendy, avait-elle crié angoissée.

– Wendy, répondit-il désolé, si jamais tu vois que je t'oublie, répète-moi ton nom sans arrêt et je te reconnaîtrai. »

Ce n'était guère rassurant. Toutefois, pour se faire pardonner, il leur apprenait à se laisser porter par les courants aériens qui suivaient la même direction. Ainsi couchés à plat ventre sur les vents, ils pouvaient dormir en toute sécurité. Mais Peter se lassait vite de dormir.

« Tout le monde descend ! », criait-il de sa voix de capitaine.

Après un voyage follement gai bien qu'entrecoupé de prises de bec[1], on finit par être en vue du pays de l'Imaginaire. Les

1. ***Prises de bec*** : employée au sens figuré, l'expression signifie « disputes ».

voyageurs avaient mis bien des lunes pour y atteindre[1], et s'ils ne déviérent jamais de la bonne direction, ce fut dû non pas tant au sens de l'orientation de Peter qu'au fait que l'Île était allée à leur rencontre et les cherchait. (Sans quoi personne ne peut voir ses rivages magiques.)

« C'est ici, dit Peter.

– Où, où ?

– Toutes les flèches pointent dans sa direction. »

En effet, un million de flèches d'or indiquait l'Île aux enfants ; c'étaient les rayons du soleil couchant qui voulait rassurer ses petits amis avant de les quitter pour la nuit.

Wendy, John et Michael, dressés en l'air sur la pointe des pieds, purent jeter leur premier coup d'œil sur l'Île. Si curieux que cela paraisse, ils la reconnurent aussitôt et, jusqu'au moment où la peur allait s'emparer d'eux, ils ne cessèrent de la saluer joyeusement, non comme une chose à laquelle on a longtemps rêvé et que l'on voit enfin, mais plutôt comme un ami intime chez qui l'on retourne régulièrement passer ses vacances.

« John, ta lagune !

– Wendy, vois, les tortues qui enterrent leurs œufs dans le sable !

– John, j'aperçois ton flamant rose à la patte cassée.

– Regarde, Michael, voici ta grotte !

– John, qu'est-ce que c'est, ça là-bas, dans les taillis ?

– Une louve avec ses petits. Wendy, je crois bien que c'est ton louveteau !

– Mon bateau, John, avec ses flancs[2] défoncés !

– Mais non, le tien, tu l'as brûlé !

– C'est quand même lui, John. Oh ! je vois la fumée du camp des Peaux-Rouges.

---

**1.** Le cycle lunaire est de vingt-huit jours ; le voyage est donc censé durer plusieurs mois ; ce détail suggère que, dans ce récit, la notion du temps est, elle aussi, imaginaire.

**2.** ***Flancs*** : côtés.

– Où ? Montre-moi où, et je te dirai s'ils sont sur le sentier de la guerre, à la façon dont s'échappe la fumée.

– Ici, de l'autre côté de la Rivière Mystérieuse.

– Ça y est, je le vois aussi. Oui, ils sont bien sur le sentier de la guerre. »

Peter se sentait un peu frustré : ils étaient si bien renseignés sur l'Île ! Mais s'il voulait les épater, il tenait sa revanche à portée de la main, car ne vous ai-je pas dit que la peur allait bientôt s'emparer d'eux ?

Cela ne manqua pas de se produire lorsque les flèches d'or disparurent, laissant l'Île dans l'obscurité.

Même à la maison, à l'heure du coucher, le pays de l'Imaginaire devenait toujours un peu sombre et inquiétant ; il y rôdait des ombres noires ; le rugissement des fauves s'élevait, menaçant, et l'on n'était plus du tout certain de remporter la victoire. Heureusement, il y avait les veilleuses. Et l'on n'était pas fâché d'entendre Nana vous dire que cette chose, là-bas, c'était simplement le manteau de la cheminée, et le pays de l'Imaginaire, une pure invention !

Car, bien sûr, à la maison, on faisait seulement semblant d'y croire. Mais maintenant, il était là, bien réel, il n'y avait plus de veilleuses pour l'éclairer, et l'ombre s'épaississait à chaque instant, et où était Nana ?

Jusque-là, chacun avait volé séparément ; à présent, tous se pressaient autour de Peter. Il avait enfin abandonné ses manières insouciantes, ses yeux étincelaient, et chaque fois que les enfants le touchaient, un picotement les parcourait. Ils survolaient en ce moment l'Île redoutable, à si basse altitude que leur visage frôlait la cime[1] des arbres. Ils progressaient lentement, avec effort, comme repoussés par des forces hostiles. Parfois ils restaient suspendus dans l'air et il fallait que Peter le batte de ses poings pour leur frayer la voie.

« Ils veulent nous empêcher d'atterrir, expliqua-t-il.

1. ***Cime*** : sommet.

– Qui ça, ils ? », murmura Wendy, tremblante.

Il ne pouvait pas le dire ; ou bien ne le voulait-il pas ? La fée Clochette dormait sur son épaule. Il l'éveilla et l'envoya en éclaireur. De temps à autre, lui-même faisait une pause, mettait la main à son oreille, écoutait, puis de nouveau fixait la terre avec des yeux si brillants qu'ils semblaient percer deux trous dans le sol.

Son courage faisait presque peur.

« Que préfères-tu ? demanda-t-il à John d'un ton désinvolte, une aventure tout de suite, ou d'abord prendre le thé.

– D'abord prendre le thé », s'empressa de répondre Wendy, et Michael lui serra la main avec reconnaissance.

Plus courageux, John hésitait.

« Quel genre d'aventure ? s'informa-t-il prudemment.

– Il y a un pirate endormi dans la pampa[1], juste au-dessous de nous.

– Je ne le vois pas, dit John au bout d'un moment.

– Moi si.

– Et suppose, dit John, suppose qu'il se réveille.

– Comment ! s'indigna Peter. Tu ne t'imagines pas que je le tuerais pendant qu'il dort ! D'abord je le réveillerais, ensuite je le tuerais. C'est toujours comme ça que je procède.

– Hm ! Et tu en tues beaucoup ?

– Des tas !

– Épatant ! », fit John qui décida de prendre le thé d'abord.

Il demanda encore s'il y avait actuellement de nombreux pirates dans l'Île, et Peter répondit qu'il n'en avait jamais tant vu.

« Qui est leur capitaine ?

– Crochet », répondit Peter.

Son visage s'était durci en prononçant ce nom haï.

« Jacques Crochet[2] ?

---

**1.** ***Pampa*** : nom d'une vaste étendue de prairie en Amérique du Sud.

**2.** ***Jacques Crochet*** : traduction exacte du nom anglais James Hook. Barrie avait déjà inventé un terrible Capitaine Swarthy (« Basané ») dans *Les Naufragés de l'Île du lac Noir*, en 1900.

– Oui ! »

Michael s'était mis à pleurer, et John ne parlait plus que par hoquets, car tous deux connaissaient la réputation de Crochet.

« C'est l'ancien maître d'équipage de Barbenoire [1], souffla John. C'est le pire de toute la bande, le seul homme qu'ait jamais redouté Barbecue [2].

– C'est bien lui.

– Il est gros, hein ?

– Pas aussi gros qu'autrefois.

– Que veux-tu dire ?

– J'en ai coupé un morceau.

– Toi ?

– Oui, moi ! dit Peter sèchement.

– Je ne voulais pas t'offenser.

– Passons.

– Mais… quel morceau ?

– Sa main droite.

– Alors, il ne peut plus se battre ?

– Tu parles !

– Il est gaucher ?

– Il a un crochet de fer à la place de la main droite, et il s'en sert pour griffer.

– Griffer !

– Écoute, John, dit Peter.

– Oui ?

– Non, tu dois dire : "Oui, capitaine."

– Oui, capitaine.

– Tous les gars qui servent sous mes ordres doivent me promettre une chose, et toi comme les autres. »

---

1. ***Barbenoire*** : traduction de Blackbeard, surnom d'Edward Teach (v. 1696-1718), pirate anglais célèbre pour sa cruauté et sa barbe, longue jusqu'à la ceinture.

2. ***Barbecue*** : nom de l'un des hommes d'équipage dans *L'Île au trésor* de Stevenson.

John pâlit.

« Voilà : si nous rencontrons Crochet dans la bataille, tu dois me le laisser.

– Je te le promets », dit John sincère.

En ce moment, Clochette éclairait la route, et cela les rassurait de s'entrapercevoir les uns les autres. Comme elle ne pouvait voler aussi lentement, elle voletait en cercle autour d'eux et les entourait d'un halo de lumière [1]. Wendy trouvait délicieux de se mouvoir dans un halo de lumière, mais son plaisir ne dura guère, car Peter annonça soudain :

« Clo me signale que les pirates nous ont aperçus avant la tombée de la nuit, et qu'ils pointent le Long Tom [2] sur nous.

– Leur gros canon ?

– Oui ! Ils doivent voir la lumière de Clochette, et s'ils se doutent que nous sommes à côté d'elle, ils sont capables de tirer.

– Wendy !

– John !

– Michael !

– Dis-lui de s'éloigner ! », crièrent-ils en chœur.

Mais Peter refusa.

« Elle pense que nous nous sommes trompés de route et elle est plutôt effrayée. Je ne vais pas la chasser quand elle a peur, tout de même ! », répliqua-t-il sèchement.

Le cercle lumineux fut brisé un instant et Peter sentit qu'on le pinçait amicalement.

« Alors, supplia Wendy, dis-lui de s'éteindre.

– Elle ne peut pas. C'est à peu près la seule chose que les fées ne savent pas faire. Elles s'éteignent d'elles-mêmes lorsqu'elles s'endorment, tout comme les étoiles.

– Alors dis-lui de s'endormir tout de suite, dit John.

---

1. ***Halo de lumière*** : anneau lumineux.

2. ***Long Tom*** : surnom familier donné dans la marine anglaise à un long canon de marine.

– Elle ne peut pas dormir si elle n'a pas sommeil. C'est l'autre chose que les fées ne savent pas faire.

– En somme, les deux choses qui vaudraient la peine d'être faites ! grommela John qui sentit qu'on le pinçait mais sans aménité[1].

– Si l'un d'entre nous a une poche, suggéra Peter, on pourrait la mettre dedans. »

Hélas, ils étaient partis si précipitamment qu'à eux quatre, ils ne pouvaient fournir une seule poche. Mais Peter trouva la solution : le haut-de-forme[2] de John.

Clo accepta de voyager en haut-de-forme à condition qu'on le portât à la main. Elle espérait être portée par Peter mais ce fut John qui s'en chargea. Puis, sous prétexte qu'il se cognait le genou en volant, il passa le chapeau à Wendy. Et comme Clo ne pouvait supporter de devoir quelque chose à Wendy, cette circonstance allait fatalement conduire à la catastrophe.

Le haut-de-forme masquant complètement la lumière de la fée, ils continuèrent à voler en silence. C'était le plus silencieux de tous les silences qu'ils aient jamais connus, rompu seulement par un clapotis lointain (les bêtes sauvages se désaltérant à un gué[3], expliqua Peter), puis par un crissement qu'on aurait pu attribuer à des branches d'arbres frottant l'une contre l'autre si Peter n'avait précisé que c'étaient les Peaux-Rouges en train d'affûter leurs poignards.

Puis on n'entendit plus rien. Pour Michael, pareille solitude était terrifiante.

« Si seulement quelqu'un voulait bien faire du bruit ! », s'écria-t-il.

---

1. ***Sans aménité*** : durement.
2. ***Haut-de-forme*** : chapeau haut et cylindrique à bords plus ou moins larges, que les hommes portaient avec la redingote.
3. ***Gué*** : endroit d'une rivière où le niveau de l'eau est assez bas et permet de traverser à pied.

Comme pour combler ses vœux, un fracas épouvantable déchira l'air. Les pirates venaient de tirer un boulet de canon sur eux.

Les montagnes se transmirent ce coup de tonnerre de l'une à l'autre, et chaque écho semblait gronder sauvagement : « Où sont-ils ? Où sont-ils ? Où sont-ils ? »

C'est ainsi que, sans ménagement, les enfants apprirent à distinguer la différence entre une île pour faire semblant et une île pour de vrai.

Quand le calme fut revenu dans les cieux, John et Michael se retrouvèrent seuls dans les ténèbres. John pédalait machinalement dans l'air, et Michael, sans savoir flotter, flottait.

« Es-tu blessé ? demanda John.

– Je ne sais pas encore », répondit Michael dans un souffle.

Nous voilà rassurés pour ces deux-là. Quant à Peter, le vent du boulet l'avait chassé au-dessus de la mer, tandis que Wendy était projetée vers le haut avec Clochette pour toute compagnie.

L'idée vint-elle subitement à Clo, ou avait-elle préparé son coup à l'avance ? Toujours est-il qu'elle surgit du haut-de-forme et se mit à guider Wendy tout droit vers sa perte.

Clo n'était pas foncièrement méchante : plus exactement, elle était tantôt foncièrement méchante, tantôt foncièrement bonne. Les fées ne peuvent être que tout l'un ou tout l'autre ; elles sont si petites qu'il n'y aurait pas place en elles pour plusieurs sentiments à la fois. Néanmoins, il leur est permis de changer, à condition de changer complètement. Clochette était maintenant toute jalousie à l'égard de Wendy. Elle tintinnabulait[1] dans sa langue des mots que Wendy ne pouvait comprendre et qui sonnaient agréablement à l'oreille, mais je n'oserais affirmer que ses propos fussent tout à fait aimables. Elle voltigeait en avant puis revenait vers Wendy, ce qui signifiait sans erreur possible : « Suis-moi, et tout ira bien. »

1. ***Tintinnabulait*** : émettait un bruit ressemblant à un tintement de clochette.

Wendy n'avait pas le choix. Elle appela Peter, John, et Michael. Seul l'écho moqueur lui répondit. Elle ignorait encore que la fée lui vouait une haine farouche, une vraie haine de femme. Désorientée, hésitante dans son vol, elle abandonna son sort entre les mains de Clochette.

# V

# L'Île pour de vrai

[Pendant ce temps, sur l'Île...]

[...] Ce soir-là, les principales forces de l'Île étaient disposées comme suit : les garçons perdus étaient à la recherche de Peter, les pirates à la recherche des garçons perdus, les Peaux-Rouges cherchaient les pirates, et les bêtes sauvages les Peaux-Rouges. Tous tournaient autour de l'Île, mais sans jamais se rencontrer car ils se déplaçaient à la même allure.

Tous voulaient du sang, sauf les garçons à qui cela ne déplaisait pas d'ordinaire, mais qui, ce soir-là, attendaient leur capitaine. Le nombre des garçons vivant dans l'Île peut varier, évidemment, selon qu'il leur arrive d'être tués ou bien d'autres choses. Dès qu'ils semblent avoir grandi – ce qui est contraire au règlement – Peter les supprime. Actuellement, ils sont six, en comptant les jumeaux pour une paire. Faisons semblant de nous cacher entre les plants de canne à sucre, et regardons-les se glisser furtivement l'un derrière l'autre, la main sur le manche de leur poignard.

Peter leur interdit de chercher à lui ressembler ; aussi portent-ils des peaux d'ours qu'ils ont tués de leurs propres mains, si bien qu'ils sont tout ronds et pelucheux, et qu'ils roulent quand ils tombent. Cela leur a du moins appris à avoir le pied sûr.

Celui qui marche en tête, c'est La Guigne, non le moins hardi mais le plus malchanceux de toute cette noble équipe. Il a manqué bon nombre d'aventures, car les grands moments surviennent toujours quand il a le dos tourné. Par exemple, tout est calme : La Guigne en profite pour aller ramasser du bois sec ; quand il revient, les camarades en sont déjà à nettoyer les dernières traces de sang. Cette constante déveine[1] a laissé sur son visage un air de mélancolie, mais au lieu de lui aigrir[2] le caractère, elle l'a rendu plus doux, et c'est certainement le plus modeste des garçons. Pauvre La Guigne, cette nuit, il y a du danger dans l'air, pour toi. [...] Sache, La Guigne, que la fée Clochette, résolue à commettre un méfait, recherche l'instrument de sa vengeance, et qu'elle te considère comme le plus facile à tromper des garçons. Prends garde à Clochette !

Plût-il au ciel qu'il pût nous entendre ! Malheureusement, nous ne sommes pas réellement dans l'Île, et La Guigne passe son chemin, en se rongeant les doigts.

Ensuite vient Bon Zigue, débonnaire[3] et plein d'entrain, suivi de La Plume qui taille des sifflets dans le bois et danse avec extase sur ses propres airs. C'est le plus vaniteux de tous les garçons. Il croit avoir gardé des souvenirs du temps où il n'était pas encore perdu, et des us et coutumes de là-bas[4], ce qui a donné à son nez une pointe agressive. Le Frisé arrive le quatrième. Il a dû si souvent se dénoncer quand Peter commande sévèrement : « Celui qui a fait cela, un pas en avant ! », qu'à présent il s'avance machinalement, fautif ou pas. Enfin viennent les Jumeaux, impossibles à décrire car nous sommes sûrs de nous tromper et de décrire l'un en parlant de l'autre. Peter n'a jamais su ce qu'étaient des jumeaux, et comme la bande n'a pas le droit de savoir des choses que lui-même ignore, les Jumeaux n'ont qu'une vague idée de ce qu'ils sont et s'efforcent

1. ***Déveine*** : malchance.
2. ***Aigrir*** : remplir d'amertume.
3. ***Débonnaire*** : doux, inoffensif.
4. ***Us et coutumes de là-bas*** : usages du pays réel.

de donner satisfaction en se tenant l'un contre l'autre d'un air qui implore le pardon.

Les garçons s'évanouissent dans l'ombre et, au bout d'un moment, mais d'un moment très court car tout va très vite dans l'Île, surviennent les pirates à l'affût. On les entend avant de les voir car ils chantent toujours le même horrible refrain :

Larguez les ris[1], yo ho hisse ho !

Nous allons piratant !

Et si un coup de feu nous sépare, Nous sommes sûrs de nous trouver réunis en enfer !

Oncques[2] ne se vit plus affreuse brochette de lascars[3] pendouillant au gibet[4] ! Précédant les autres de quelques pas, la tête ballant de-ci de-là à l'écoute du sol, des pièces de huit[5] en guise de boucles d'oreilles, ses grands bras nus, voici le bel Italien Cecco[6], qui inscrivit son nom en lettres de sang sur le dos du gouverneur de la prison de Gao[7]. Ce géant noir qui le suit a reçu plus d'un nom depuis qu'il a renoncé à celui dont se servent encore les mères africaines pour effrayer leurs enfants, sur les rives du Guadjo-Mo[8]. Et voilà Bill le Truand – pas un pouce de son corps qui ne soit tatoué – ce même Bill le Truand qui, sur le *Walrus*, reçut six douzaines de coups de verge des mains de Flint[9], avant

---

**1.** ***Ris*** : terme de marine désignant la partie d'une voile où passent les garcettes (petits cordages) que l'on tire pour la resserrer.

**2.** ***Oncques*** : jamais (vieilli).

**3.** ***Lascars*** : malfaiteurs, voyous.

**4.** ***Gibet*** : potence qui servait aux pendaisons, notamment sous l'Ancien Régime.

**5.** ***Pièces de huit*** : pièces de monnaie percées.

**6.** ***Cecco*** : prénom du fils de Maurice Hewlett (1861-1923), un romancier ami de Barrie.

**7.** ***Gao*** : déformation de Goa, ancien comptoir portugais en Inde.

**8.** Guadjo-Mo et, ensuite, Bill le Truand, Cookson, Œil-de-Bœuf et Mullins sont des noms inventés par l'auteur.

**9.** Barrie s'inspire une nouvelle fois de *L'Île au trésor* : *Walrus* est le nom du vieux bateau du capitaine Flint, personnage du roman de Stevenson.

de lui céder son sac de lingots. Voici encore Cookson, le soi-disant frère de Black Murphy [1] (mais le fait n'a jamais été prouvé), et maître Starkey, jadis concierge d'un collège privé et toujours délicat dans ses façons de donner la mort. Et Œil-de-Bœuf, et Smee [2], le maître d'équipage irlandais, homme d'un génie bizarre, qui poignarde pour ainsi dire sans offense, et se trouve être le seul non-conformiste [3] de la bande à Crochet ; et Plat-de-Nouilles, qui a les mains sens devant derrière ; et Robert Mullins, et Alf Mason [4], et maint autre écumeur de sinistre renommée dans la mer des Antilles.

Au milieu d'eux, le plus noir et le plus gros joyau de ce sombre écrin, voici enfin Jacques Crochet, le seul homme, dit-on, qu'ait jamais craint le Cuistot-des-Mers [5]. Il se prélasse, allongé dans un vulgaire chariot tiré et poussé par ses hommes qu'il aiguillonne de temps à autre avec son terrible harpon. Ce redoutable individu traite ses comparses comme des chiens, et comme des chiens, ils lui obéissent. Il a le teint de bistre [6] d'un cadavre enfumé, et frise ses cheveux en longues boucles qui, de loin, ressemblent à des chandelles noires et donnent un air sinistre à sa noble physionomie. Ses yeux sont teintés d'un bleu de myosotis [7] et de profonde mélancolie, sauf quand il vous plonge son crochet dans le corps et que s'allument au fond de ses prunelles deux horribles lueurs rouges.

D'allure racée, un air de grand seigneur est resté collé à sa personne, air dont il ne se départ jamais, même pour vous

1. Black Murphy est le nom d'un pirate ayant réellement existé au XVIIIe siècle.
2. Starkey et Smee sont deux personnages ayant eu pour modèles des acteurs de la pièce *Peter Pan ou le Garçon qui ne voulait pas grandir* (1904).
3. ***Non-conformiste*** : qui aime se distinguer en n'agissant pas comme tout le monde.
4. Alf Mason est le nom d'un ami de Barrie.
5. Cuistot-des-Mers est la traduction française de l'anglais *Sea-Cook*, premier titre du roman de Stevenson, qui fut ensuite rebaptisé *L'Île au trésor*.
6. ***Teint de bistre*** : teint basané, noirâtre.
7. ***Myosotis*** : plante à petites fleurs bleues, qui pousse dans les milieux humides.

crocheter la panse[1] de sa griffe. Et je me suis laissé dire que ses talents de conteur sont fort prisés[2]. D'autant plus courtois que ses intentions sont sinistres (ce qui est une preuve authentique de savoir-vivre), il soigne sa diction lors même qu'il profère des jurons. Bref, la distinction de ses manières témoigne à l'évidence qu'il n'est pas sorti du même tonneau que le reste de l'équipage.

D'un courage indomptable, la seule chose qui l'effarouche est la vue de son propre sang, qui est épais et d'une couleur insolite. Dans sa façon de se vêtir, il singe la mode du temps de Charles II[3], quelqu'un ayant fait remarquer, alors qu'il débutait dans la carrière, qu'il ressemblait étrangement aux infortunés Stuart[4]. À la bouche, il a un ingénieux fume-cigare de sa fabrication, qui lui permet de fumer deux cigares à la fois. Mais, sans conteste, la partie la plus rébarbative[5] de sa personne, c'est son crochet de fer.

Et maintenant, pour illustrer les méthodes de cet homme, tuons un pirate. Œil-de-Bœuf fera l'affaire. Tandis que les pirates passent, Œil-de-Bœuf bouscule malencontreusement son capitaine et froisse sa fraise[6] de dentelles ; le crochet part comme une flèche. Bruit de déchirure. Cri (un seul). Du pied, on écarte le corps, et les pirates poursuivent leur chemin. Crochet n'a pas même ôté les cigares de sa bouche.

Tel est le terrible adversaire que doit affronter Peter Pan. Lequel des deux sera le vainqueur ?

Dans la foulée des pirates, suivant à pas de loup le sentier de la guerre invisible aux yeux inexpérimentés, viennent les Peaux-Rouges, chacun ouvrant l'œil. Ils ont des tomahawks[7] et des couteaux, et leurs corps nus luisent de peinture et d'huile. À leurs

---

1. ***Panse*** : ventre (familier).
2. ***Prisés*** : appréciés.
3. ***Charles II*** : roi d'Angleterre (1630-1685).
4. ***Stuart*** : nom d'une ancienne famille qui régna sur l'Écosse et sur l'Angleterre, dont de nombreux membres moururent jeunes, furent assassinés ou exécutés.
5. ***Rébarbative*** : repoussante.
6. ***Fraise*** : col de dentelle gaufrée porté aux XVI^e^ et XVII^e^ siècles.
7. ***Tomahawks*** : hachettes traditionnelles des Indiens d'Amérique (mot anglais).

ceintures pendent des scalps[1], aussi bien de garçons que de pirates, car ceux-là sont la tribu des Piccaninny[2], qu'il ne faut pas confondre avec les Delaware ou les Hurons, au cœur plus tendre. À l'avant-garde et à quatre pattes, marche Grande Grosse Petite Panthère, guerrier détenteur de tant de scalps que dans sa posture présente ils l'empêchent presque d'avancer. Fermant la marche (poste périlleux entre tous), se dresse fièrement Lis Tigré, princesse de par sa propre volonté, une vraie princesse, la Diane[3] des Dianes brunes, et la belle des Piccaninny, tour à tour coquette, glaciale et ardente. Il n'est pas un guerrier qui ne souhaite épouser cette rebelle, mais elle évite l'autel[4] à coups de hachette. Observez qu'ils foulent les brindilles sèches sans faire le moindre bruit. On entend seulement leur forte respiration. Le fait est qu'ils sont un peu gras après leur copieux festin, mais avec le temps ils élimineront cette graisse superflue qui, pour l'instant, est le seul danger qui les menace.

Les Peaux-Rouges disparaissent comme ils sont venus, telles des ombres, et bientôt leur succèdent les bêtes sauvages, en une longue procession bigarrée[5] : lions, tigres, ours, et les innombrables choses sauvages de moindre taille qui fuient à leur approche, car chaque espèce d'animaux et plus particulièrement tous les mangeurs d'hommes vivent joue contre mâchoire sur cette île bienheureuse. Ils tirent la langue, ils ont faim cette nuit.

Fermant le ban[6], vient enfin le tout dernier personnage, le crocodile géant. Tout à l'heure nous saurons qui il pourchasse.

---

1. ***Scalps*** : trophées constitués par la peau du crâne, avec sa chevelure, de l'adversaire vaincu (mot anglais).
2. Picanniny est un nom inventé, contrairement à celui des Delaware, membres d'une tribu de l'est des États-Unis, et des Hurons, membres d'une tribu du Sud.
3. Dans la mythologie romaine, Diane est la déesse chasseresse de la nature sauvage.
4. ***Elle évite l'autel*** : elle évite le mariage, tout comme la déesse Diane.
5. ***Bigarrée*** : variée.
6. ***Ban*** : dans le haut Moyen Âge, le mot désigne l'ensemble des vassaux d'un seigneur, ainsi que la sonnerie du clairon pendant les défilés officiels ; .../...

Le crocodile passe, mais bientôt les garçons réapparaissent, car le défilé peut continuer indéfiniment, à moins qu'une des équipes s'arrête ou change de vitesse, et alors c'est la mêlée.

Tous ont le regard tendu en avant, mais aucun ne soupçonne que le danger pourrait surgir par-derrière, ce qui prouve combien cette île est bien réelle.

Les premiers à sortir de ce cercle mouvant furent les garçons. Ils s'affalèrent dans l'herbe, près de leur demeure souterraine.

« Comme j'aimerais que Peter soit de retour ! dirent-ils nerveusement, en dépit du fait qu'en hauteur et encore plus en largeur, ils surpassaient leur capitaine.

– Je suis le seul à ne pas avoir peur des pirates », dit La Plume de ce ton qui nuisait tant à sa popularité.

Il dut entendre au loin quelque bruit alarmant car il ajouta à la hâte :

« Mais je souhaite que Peter revienne vite et nous dise s'il en a appris davantage au sujet de Cendrillon. »

Ils parlèrent de Cendrillon. La Guigne était persuadé que sa mère avait dû beaucoup lui ressembler. Ce n'est qu'en l'absence de Peter qu'ils se risquaient à parler de mères, le capitaine ayant banni de la conversation ce sujet selon lui stupide.

« Tout ce que je me rappelle de ma mère, raconta Bon Zigue, c'est qu'elle disait souvent à mon père : "Oh ! si je pouvais avoir un carnet de chèques à moi !" Je ne sais pas ce que c'est, mais j'aimerais tant en offrir un à ma mère. »

Tout en bavardant, ils perçurent un bruit dans le lointain. Vous ou moi, n'appartenant pas à la faune de ces bois, n'aurions rien entendu, mais eux reconnurent aussitôt le chant sinistre des écumeurs de mer[1] :

---

.../... par la suite, il désigne la procession elle-même. « Fermer le ban » signifie donc ici « arriver en dernier » (mot d'origine germanique).

1. ***Écumeurs de mer*** : pirates.

Le pavillon à tête de mort !
La belle vie, une corde de chanvre[1] !
Et l'on va boire la grande tasse !

En un clin d'œil, les garçons… Mais où sont-ils donc ? Ils ne sont plus là. Des lapins n'auraient pas détalé plus vite.

Je vais vous dire où ils sont passés. À l'exception de Bon Zigue, parti comme une flèche en reconnaissance, les voici tous dans leur maison souterraine, une bien agréable résidence que nous visiterons prochainement. Mais par où sont-ils passés ? Car il n'y a pas d'entrée visible, si ce n'est un tas de broussailles qui, si on le déplaçait, révélerait le seuil d'une grotte. Regardez mieux, et vous remarquerez alors ces sept gros arbres au tronc creux. Ce sont les sept passages qui mènent les garçons à leur maison sous terre. Il y a des lunes que Crochet la cherche en vain. Va-t-il la découvrir cette nuit ?

Comme les pirates approchaient, l'œil vif de Starkey aperçut Bon Zigue qui disparaissait dans le bois. Aussitôt son pistolet flamboya, mais une griffe de fer lui agrippa l'épaule.

« Lâchez-moi, capitaine », s'écria-t-il, frémissant.

Pour la première fois, nous allons entendre la voix de Crochet. C'est une voix d'outre-tombe.

« Rengaine d'abord ton pistolet, dit-elle, menaçante.

– C'était un de ces garçons que vous détestez. J'aurais pu le tuer.

– Oui, et le bruit aurait rabattu sur nous les Peaux-Rouges de Lis Tigré. As-tu envie de perdre tes cheveux ?

– Voulez-vous que je lui coure après et que je lui chatouille les côtes avec Jean Tire-bouchon ? », proposa le pathétique Smee.

Smee baptisait chaque chose d'un nom amusant. Jean Tire-bouchon désignait son coutelas[2] qu'il avait l'habitude de vous tortiller dans la plaie. Smee avait maints côtés adorables. Par

1. ***Chanvre*** : plante cultivée pour sa tige qui fournit une excellente fibre textile.
2. ***Coutelas*** : sabre court et large.

exemple, après un meurtre, c'était ses lunettes qu'il essuyait à la place de son poignard.

Jean est un gars qui ne fait pas de bruit, rappela-t-il à Crochet.

« Pas maintenant, Smee, dit le capitaine, l'air sombre. Il est tout seul, et moi je les veux tous les sept. Dispersez-vous et trouvez-les ! [...] Surtout, ajouta-t-il avec rage, je veux leur capitaine, Peter Pan. C'est lui qui m'a coupé la main. (Il brandit son crochet de façon menaçante.) J'attends depuis longtemps le moment où je lui donnerai une poignée de main avec ça ! Oh ! je le déchirerai !

– Pourtant, dit Smee, je vous ai entendu bien souvent dire que ce crochet valait dix paires de mains, pour se démêler les cheveux et autres usages domestiques.

– Sûrement, répondit le capitaine, et si j'étais une mère, je ferais des vœux pour que mon enfant naisse avec ceci à la place de cela ! »

Et il adressa un regard plein de fierté à sa main de fer, et un plein de mépris à l'autre. Puis il se renfrogna de nouveau.

« Peter a jeté mon bras à un crocodile qui passait par là, dit-il en grimaçant à ce souvenir.

– J'ai souvent été frappé par votre étrange terreur des crocodiles, dit Smee.

– Non pas des crocodiles, corrigea Crochet, mais de ce crocodile. (Il baissa la voix.) Mon bras lui a tellement plu, Smee, que depuis ce jour-là, il me poursuit de mer en mer, de pays en pays, se pourléchant les babines à l'idée de manger le reste.

– En un sens, dit Smee, c'est plutôt flatteur.

– Je me passe de pareils compliments ! aboya Crochet. Ce que je veux, c'est Peter, c'est lui qui a donné à cette brute ce goût pervers. »

Il s'assit sur un énorme champignon et reprit avec un frisson dans la voix :

« Smee, ce crocodile m'aurait eu depuis longtemps, s'il n'avait, par bonheur pour moi, avalé un réveille-matin qui fait tic-tac dans son ventre. Ainsi, avant qu'il ait pu me rejoindre, je reconnais le tic-tac et je file. »

Il rit, mais son rire sonnait faux.

« Un jour, dit Smee, le réveil va s'arrêter, et alors… pauvre de vous ! »

Crochet s'humecta les lèvres.

« Oui, dit-il, c'est l'angoisse qui m'obsède. »

Depuis qu'il s'était assis, il trouvait qu'il avait anormalement chaud.

« Smee, dit-il, ce siège est brûlant. »

Il bondit.

« Marabout de ficelle de cheval ! Je grille ! »

Tous deux examinèrent le champignon qui était d'une taille et d'une solidité inconnues dans la région. Ils essayèrent de l'arracher, et il se détacha sans résistance car il était dépourvu de racines. Plus inouï encore, de la fumée commença à s'élever du pied. Les pirates se regardèrent l'un l'autre.

« Une cheminée ! », s'exclamèrent-ils à l'unisson.

Ils venaient en effet de découvrir la cheminée de la maison souterraine. Les garçons avaient l'habitude de la couvrir de ce champignon quand des ennemis se trouvaient dans les parages. Il ne s'en échappa pas seulement de la fumée, mais aussi des voix d'enfants, car les garçons se sentaient bien à l'abri dans leur retraite et bavardaient avec entrain. Les pirates écoutèrent, la mine sinistre, puis replacèrent le champignon. Ils regardèrent autour d'eux et remarquèrent les sept arbres au tronc creux.

« Ils ont dit que Peter Pan n'est pas là, vous avez entendu ? », chuchota Smee en agitant son Jean Tire-bouchon.

Crochet hocha la tête. Il réfléchit, puis un sourire crispé éclaira son visage basané. Smee n'attendait que cela.

« Quel est votre plan, capitaine ? demanda-t-il, impatient.

– On retourne au bateau, répondit lentement Crochet entre ses dents, et on fait cuire un énorme gâteau d'une belle épaisseur avec du sucre vert dessus. Il ne doit y avoir qu'une seule pièce là-dessous, puisqu'il n'y a qu'une seule cheminée. Ces taupes stupides n'ont pas assez de cervelle pour se rendre compte qu'il n'est pas nécessaire d'avoir une porte par personne. On voit bien qu'ils n'ont pas de mère. Nous laisserons le gâteau sur la plage de la lagune aux sirènes. Ils vont souvent nager par là et jouer avec les sirènes. Quand ils trouveront le gâteau, ils l'avaleront gloutonnement : comme ils n'ont pas de mère, ils ne savent pas que c'est terriblement dangereux de manger un gâteau aussi riche et moelleux. »

Il éclata de rire, et son rire sonna franc cette fois.

« Ha ! Ha ! Ils mourront ! »

Smee avait écouté avec une admiration croissante.

« C'est le stratagème le plus méchamment ingénieux qu'on ait jamais inventé ! », s'exclama-t-il.

Et de joie, tous deux se mirent à danser et chanter :

Larguez les ris [1], quand je parais,
Ils crèvent de peur !
Il ne vous reste plus de chair sur les os,
Quand Crochet vous a serré la main !

Ils entonnaient le refrain quand un bruit les arrêta soudain ; oh un tout petit bruit qu'une feuille aurait suffi à étouffer, mais qui devenait plus distinct à mesure qu'il se rapprochait.

« Tic tac tic tac. »

Crochet, un pied encore en l'air, se mit à trembler.

« Le crocodile ! », souffla-t-il.

Et il décampa, suivi de son maître d'équipage.

C'était bien le crocodile. Il avait dépassé les Peaux-Rouges qui suivaient maintenant les pirates, et lui-même cherchait Crochet.

[Les garçons, qui croient le danger passé, sortent de leur souterrain. Mais ils affrontent bientôt une meute de loups. Pour les faire fuir, ils adoptent une attitude « menaçante » : ils se plient en deux et, entre leurs jambes écartées, regardent les loups... lesquels ne tardent pas à détaler !]

1. ***Ris*** : voir note 1, p. 70.

Alors Bon Zigue se releva, et ses compagnons crurent qu'ils voyaient encore des loups. Non, il voyait autre chose.

« Quelque chose de plus extraordinaire encore ! s'écria-t-il tandis que les autres l'entouraient jalousement. Je vois un grand oiseau blanc. Il vole vers nous !

– Quel genre d'oiseau ?

– Je ne sais pas, dit Bon Zigue stupéfait, mais il semble épuisé, et à chaque coup d'aile il gémit "pauvre Wendy".

– "Pauvre Wendy" ?

– Je me souviens, dit aussitôt La Plume, il existe des oiseaux qu'on appelle des wendy.

– Regardez, il approche ! », cria Le Frisé en pointant le doigt vers Wendy dans le ciel.

Wendy arrivait au-dessus de leurs têtes et tous percevaient maintenant son cri plaintif. Mais ils distinguaient mieux encore la voix perçante de Clochette. La jalouse petite fée ne déguisait plus sa haine et attaquait sa victime de tous côtés, à coups de pinçons cruels.

« Bonjour, Clo ! », firent les garçons, étonnés.

La réponse de Clo vibra dans l'air :

« Peter vous ordonne de tuer le wendy. »

Les garçons avaient l'habitude d'obéir à leur chef sans poser de questions.

« Exécutons les ordres ! dirent-ils naïvement. Vite, nos arcs, nos flèches. »

Tous se faufilèrent dans leur tronc d'arbre sauf La Guigne qui avait sur lui son arc et ses flèches et, remarqua Clo, se frottait les mains.

« Vite, La Guigne, cria la fée, vite ! Peter sera si content ! »

Tout frémissant, La Guigne ajusta sa flèche.

« Écarte-toi, Clo », recommanda-t-il.

L'instant d'après, Wendy s'abattait sur le sol, une flèche plantée dans la poitrine.

# VI
## La petite hutte

Quand ses camarades réapparurent avec leurs armes, ce nigaud de La Guigne posait triomphalement près du corps de Wendy.

« Trop tard ! leur lança-t-il fièrement. J'ai tué le wendy. Comme Peter va être content de moi !

– Espèce d'imbécile ! », cria la fée Clo au-dessus de leurs têtes avant de disparaître.

Mais nul ne l'entendit. Les garçons entouraient Wendy et, tandis qu'ils la contemplaient, un silence terrible tomba sur la forêt. Si le cœur de Wendy avait battu, ils auraient pu l'entendre.

La Plume fut le premier à prendre la parole.

« Ce n'est pas un oiseau, dit-il tout effaré. Je crois que c'est une dame.

– Une dame ? répéta La Guigne qui s'effondra en claquant des dents.

– Et nous l'avons tuée », renchérit Bon Zigue d'une voix enrouée.

Tous ôtèrent leurs bonnets [1].

« Maintenant je comprends, dit Le Frisé. Peter nous l'amenait. »

Et, de désespoir, il se laissa tomber par terre.

« Une dame qui se serait enfin occupée de nous ! dit l'un des Jumeaux, et nous l'avons tuée ! »

Tous étaient désolés pour La Guigne, mais plus encore pour eux-mêmes. Et quand il fit un pas vers eux, ils s'écartèrent de lui.

---

1. Signe de respect devant un mort.

Son visage était tout pâle, mais une dignité nouvelle émanait de[1] sa personne.

« Oui, fit-il gravement, c'est moi qui l'ai tuée. Quand des dames viennent me visiter dans mes rêves, je leur dis : "Petite maman, jolie maman !" Et quand enfin l'une d'elles tombe pour de bon, je la tue ! »

Il s'éloigne lentement.

« Ne t'en va pas, dirent-ils, compatissants[2].

– Je le dois, répondit-il en tremblant. J'ai trop peur de Peter. »

À ce moment crucial[3], ils entendirent un son qui fit bondir leur cœur dans leur poitrine. Le cocorico de Peter ! C'était sa façon habituelle d'annoncer son retour.

« Cachons-la ! », chuchotèrent-ils en entourant promptement Wendy.

Mais La Guigne restait à l'écart. Le chant victorieux retentit à nouveau et Peter vint se poser devant eux.

« Salut les gars ! », lança-t-il.

On lui rendit machinalement son salut, puis le silence retomba.

Peter fronça le sourcil.

« C'est ainsi que vous m'acclamez ! Quel enthousiasme ! »

Les garçons ouvrirent la bouche mais pas un bravo n'en sortit. Dans sa hâte de leur conter la glorieuse nouvelle, Peter passa pour une fois sur l'offense.

« Une prise sensationnelle, camarades ! s'écria-t-il. Je vous ramène enfin une mère ! »

De nouveau le silence, à l'exception du bruit sourd que fit La Guigne en tombant à genoux.

« Vous ne l'avez pas vue ? s'étonna Peter. Elle volait pourtant dans cette direction.

– Mon Dieu ! gémit une voix.

---

1. ***Émanait de*** : se dégageait de.
2. ***Compatissants*** : pleins de compassion, voir note 2, p. 44.
3. ***Crucial*** : très important, décisif.

– Ô jour funèbre[1] ! », se lamenta une autre.

La Guigne se releva.

« Peter, dit-il calmement, je vais te la montrer. »

Les autres voulurent encore la cacher, mais il les repoussa.

« Écartez-vous, les Jumeaux, que Peter voie. »

Ils reculèrent donc afin que Peter puisse voir. Il regarda un moment puis… Puis rien, il ne savait que faire.

« Elle est morte, dit-il avec embarras. Et ça lui fait peut-être peur, d'être morte. »

Il pensa d'abord à décamper de là d'une manière comme qui dirait comique, et à n'y plus jamais remettre les pieds. Et les autres l'auraient imité de bon cœur.

Mais il y avait la flèche. Peter la retira du cœur de Wendy et la brandit face à la bande.

« À qui est-ce ? demanda-t-il sévèrement.

– À moi, Peter, dit La Guigne à genoux.

– Ô main ignoble ! », dit Peter en levant la flèche comme un poignard.

La Guigne ne broncha pas. Il se découvrit la poitrine.

« Frappe, dit-il d'un ton ferme, frappe juste. »

Par deux fois Peter brandit la flèche, par deux fois sa main retomba.

« Je ne peux pas, dit-il plein d'une crainte respectueuse. Quelque chose retient ma main. »

Tous le regardèrent avec surprise, sauf Bon Zigue qui, heureusement, regardait Wendy.

« C'est elle, s'écria-t-il, la dame Wendy ! Regardez son bras ! »

Incroyable mais vrai, Wendy avait levé son bras. Bon Zigue se pencha vers elle et écouta avec vénération.

« Je crois qu'elle vient de dire : "Pauvre La Guigne !", chuchota-t-il.

– Elle vit », dit Peter d'un ton bref.

---

1. ***Jour funèbre*** : jour de deuil.

Et La Plume s'exclama presque en même temps :

« La dame Wendy est vivante ! »

Alors Peter s'agenouilla près de Wendy et trouva son bouton. On se souvient que la fillette l'avait suspendu à la chaîne de son cou.

« Regardez, dit Peter, c'est ce qui a arrêté la flèche. C'est le baiser que je lui ai donné. Il lui a sauvé la vie.

– Je me souviens des baisers, intervint aussitôt La Plume ; montre-le-moi ! Oui, c'est bien un baiser. »

Peter ne l'écoutait pas. Il priait Wendy de se remettre rapidement afin qu'il puisse lui montrer les sirènes. Évidemment, elle ne pouvait pas encore répondre puisqu'elle était toujours évanouie. Mais une note plaintive vibra dans l'air.

« Écoutez Clochette, dit Le Frisé, elle pleure parce que le wendy est vivant. »

Ils révélèrent alors la traîtrise de Clo ; jamais (ou presque) ils ne l'avaient vu aussi fâché.

« Écoute-moi, fée Clochette ! cria-t-il, je ne suis plus ton ami ! Va-t'en pour toujours ! »

La fée vint se poser sur son épaule et plaida sa cause, mais il la chassa d'un revers de la main. Il fallut que Wendy lève à nouveau le bras, alors Peter se radoucit assez pour nuancer le verdict :

« Bon ! pas pour toujours, mais jusqu'à la semaine prochaine ! »

Si vous croyez que Clochette en fut reconnaissante à Wendy, détrompez-vous. Bien au contraire, jamais elle n'eut pareille envie de la pincer. Les fées sont d'étranges créatures, et Peter qui les connaissait bien leur distribuait souvent des gifles.

Et maintenant, qu'allait-on faire de Wendy, dans l'état où elle se trouvait ?

« Descendons-la chez nous, suggéra Le Frisé.

– Oui, dit La Plume, c'est ce qu'on doit faire avec les dames.

– Non, non, dit Peter, il ne faut pas la toucher, ce serait lui manquer de respect.

– Oui, dit La Plume, c'est bien mon avis.

– Mais si on la laisse ici, elle va mourir, dit La Guigne.

– Oui, elle va mourir, admit La Plume, mais il n'y a pas d'autre solution.

– Si, dit Peter. Construisons-lui une hutte tout autour d'elle. »

Cette idée les enchanta.

« Vite, ordonna Peter, que chacun apporte ce que nous possédons de mieux. Videz la maison. Grouillez-vous ! »

En un clin d'œil, ils furent aussi occupés que des couturières la veille d'un mariage. Ils couraient en tous sens, descendaient chercher des couvertures, remontaient ramasser du bois, et tandis qu'ils s'affairaient ainsi, qui apparut, sinon John suivi de Michael ? Tous deux se traînaient péniblement, s'endormaient debout, s'arrêtaient, se réveillaient, faisaient un pas et se rendormaient encore.

« John, John, pleurnichait Michael, réveille-toi. Où est Nana, John, et maman ? »

Alors John se frottait les yeux et marmottait[1] :

« C'est vrai, nous avons volé. »

N'en doutez pas : ils furent bien soulagés de retrouver Peter.

« Salut, Peter, dirent-ils.

– Salut », répondit aimablement Peter sans les reconnaître.

En ce moment, il était occupé à mesurer Wendy avec ses pieds, pour voir sur quelle longueur il fallait construire la hutte, compte tenu de la place nécessaire pour les chaises et la table... John et Michael le regardaient faire.

« Wendy dort ? demandèrent-ils.

– Oui.

– John, proposa Michael, si on la réveillait pour qu'elle nous prépare le souper ? »

À ce moment, quelques garçons surgirent portant des branches destinées à la petite maison.

---

1. ***Marmottait*** : murmurait entre ses dents.

« Regarde-les ! cria Michael.

– Le Frisé, dit Peter plus capitaine que jamais, veille à ce que ces garçons aident à bâtir la maison.

– À vos ordres, chef !

– Bâtir une maison ? s'exclama John.

– Pour le wendy, expliqua Le Frisé.

– Pour Wendy ? fit John, scandalisé. Mais ce n'est qu'une fille !

– C'est pourquoi nous sommes ses serviteurs, répondit Le Frisé.

– Vous, les serviteurs de Wendy !

– Oui, trancha Peter, et toi comme les autres. Emmenez-les. »

Les frères abasourdis furent traînés jusqu'aux bois pour couper, tailler, porter.

« Commençons par les chaises et le foyer, ordonna Peter. Ensuite nous élèverons les murs tout autour.

– Oui, dit La Plume, c'est ainsi qu'on construit les maisons ; maintenant, ça me revient. »

Peter pensait à tout.

« La Plume, dit-il, va chercher un docteur.

– À vos ordres, chef », répondit La Plume qui partit en se grattant la tête.

Mais il savait que Peter devait être obéi. Aussi revint-il au bout d'un moment, coiffé du haut-de-forme de John et l'air solennel.

« Excusez-moi, monsieur, dit Peter en allant à sa rencontre, êtes-vous médecin ? »

Ce qui le distinguait des garçons, en pareille occasion, c'est que les autres savaient qu'on faisait semblant, alors que pour lui le jeu et la réalité étaient tout un. Cela présentait parfois quelque inconvénient, surtout lorsqu'on devait faire semblant d'avoir déjà dîné.

Et si l'on voulait sortir du jeu, Peter vous tapait sur les doigts.

« Oui, jeune homme, je suis médecin, répondit La Plume, assagi par de douloureuses expériences.

– S'il vous plaît, docteur, expliqua Peter, il y a une dame qui est couchée, elle est gravement malade. »

La dame reposait à leurs pieds, mais La Plume eut la finesse de ne pas la voir.

« Tut, tut, dit-il, où est-elle couchée ?

– Là-bas, dans la clairière.

– Je vais lui mettre un morceau de verre dans la bouche », dit le docteur La Plume.

Et il fit semblant de le faire, tandis que Peter attendait. Il y eut un moment lourd d'angoisse quand le docteur retira le morceau de verre.

« Eh bien ? demanda Peter, comment va-t-elle ?

– Tut, tut, dit La Plume, ça l'a guérie.

– Je suis bien content ! s'écria Peter.

– Je vous rappellerai dans la soirée, dit La Plume ; donnez-lui du bouillon de viande dans une tasse à bec. »

Il rendit son chapeau à John, et respira à grands coups comme chaque fois qu'il venait de l'échapper belle.

Pendant toute cette scène, la forêt avait retenti de coups de hache, et l'on avait réuni aux pieds de Wendy à peu près tout ce qui est nécessaire pour faire une demeure confortable. [...]

La hutte était tout à fait charmante. Wendy devait s'y sentir très bien. Peter marchait de long en large, fignolant les derniers détails. Rien n'échappait à son regard perçant. Et quand on crut avoir terminé, il s'écria :

« Vous avez oublié le heurtoir [1] pour la porte ! »

Ce reproche les emplit de honte ; aussitôt La Guigne offrit la semelle de son soulier, ce qui faisait un excellent heurtoir.

Cette fois, plus rien à redire, pensèrent les garçons.

Erreur, erreur grossière !

« Je ne vois pas la cheminée ! remarqua Peter. Il en faut une !

---

**1.** ***Heurtoir*** : marteau sur la porte d'entrée d'une demeure et dont on se sert pour frapper.

– C'est absolument indispensable», fit John d'un air important.

Son intervention donna une idée à Peter. Il cueillit le haut-de-forme sur la tête de John, le défonça d'un coup de poing et le déposa sur le toit.

Ravie d'être pourvue d'un élément aussi essentiel, la petite hutte se mit à fumer en guise de remerciement.

Maintenant, c'était fini pour tout de bon. Il ne restait plus qu'à frapper à la porte.

«Tâchez de vous tenir comme il faut, la première impression est décisive», les prévint Peter.

Heureusement, ils ne songèrent pas à lui demander ce qu'était cette première impression, tant ils étaient occupés à arranger leur mise.

Peter frappa poliment; la forêt se taisait, les enfants perdus retenaient leur souffle. Seule Clo-la-Rétameuse ricanait du haut de sa branche.

Quelqu'un allait-il répondre? se demandaient les garçons. Et si c'était une dame, à quoi ressemblerait-elle?

La porte s'ouvrit et une dame parut sur le seuil. C'était Wendy. Tous ôtèrent leur bonnet.

Elle avait l'air très étonné, mais c'est bien ce qu'ils espéraient.

«Où suis-je?», demanda-t-elle.

Naturellement, La Plume retrouva le premier l'usage de sa langue.

«Dame Wendy, dit-il vivement, c'est pour vous que nous avons bâti cette maison.

– Dites qu'elle vous plaît! cria Bon Zigue.

– L'exquise, la délicieuse petite maison!» s'exclama Wendy.

Et c'étaient exactement les mots qu'ils attendaient.

«Et nous sommes vos enfants!», s'écrièrent les Jumeaux.

Tous s'agenouillèrent et, lui tendant les bras:

«Ô dame Wendy, dirent-ils, soyez notre mère à tous!

– Dois-je accepter ? demanda Wendy rayonnante. C'est affreusement tentant, bien sûr, mais je ne suis qu'une petite fille, voyez-vous, je manque d'expérience.

– Ça n'a aucune importance, dit Peter comme s'il était seul à connaître à fond ce problème dont en réalité il ignorait tout. Ce qu'il nous faut, c'est une personne qui ait l'air maternel.

– Oh ! dit Wendy, je crois que je ferai l'affaire !

– Parfaitement ! s'exclamèrent-ils en chœur. Nous l'avons vu au premier coup d'œil.

– Très bien, dit-elle, je vous promets de m'appliquer. Allons, vilains garçons, entrez tout de suite dans la maison. Je suis sûre que vos pieds sont trempés. Et avant de vous mettre au lit, j'aurai tout juste le temps de vous raconter la fin de Cendrillon. »

Ils se ruèrent à l'intérieur de la hutte. Vous vous demandez comment ils pouvaient tous tenir là-dedans, mais il est possible de s'entasser comme nulle part, au pays de l'Imaginaire. Et ce fut la première des joyeuses soirées qu'ils allaient passer en compagnie de Wendy. L'histoire finie, elle vint les border dans le grand lit de la maison souterraine et dormit elle-même dans sa petite maison. Cette nuit-là, Peter, sabre au clair [1], monta la garde devant sa porte, car on entendait dans le lointain les pirates qui bambochaient [2] et les loups qui rôdaient. Comme elle avait l'air calme et bien protégée, la petite hutte de Wendy, avec sa lumière filtrant à travers les volets, sa cheminée fumant élégamment, et Peter montant la garde sur le seuil ! [...]

1. ***Sabre au clair*** : expression militaire signifiant que le sabre (ou l'arme) est sorti de son fourreau, prêt à servir.

2. ***Bambochaient*** : faisaient la fête.

# VII
## La maison souterraine

[...] Comme ils se mirent à l'aimer, leur maison souterraine ! Wendy surtout. Elle se composait d'une seule vaste pièce, comme devraient l'être toutes les maisons. Sur le plancher, qu'on pouvait creuser à volonté si l'on avait envie d'aller à la pêche, poussaient des champignons trapus qui servaient de sièges. Un arbre imaginaire s'efforçait de pousser au milieu, mais chaque matin, on sciait le tronc au ras du sol. À l'heure du thé, il atteignait toujours deux pieds[1] de haut ; on posait une porte par-dessus et l'ensemble devenait une table. Le repas terminé, on le sciait à nouveau afin d'avoir plus de place pour jouer.

Il y avait un énorme foyer qui se trouvait en n'importe quel endroit où il vous plaisait d'allumer le feu. Wendy tendit des cordes de fibre en travers et y mit la lessive à sécher.

Pendant le jour, on rabattait le lit contre le mur ; on l'ouvrait à six heures et demie, et il remplissait la chambre à moitié. À l'exception de Michael, tous les garçons y dormaient, allongés comme sardines en boîte. Pour se retourner, il fallait, en vertu d'un règlement très strict, attendre que quelqu'un donne le signal, et tous se retournaient comme un seul homme. Michael aurait bien aimé dormir, mais Wendy voulait un bébé, et il était le plus petit, et vous savez comment sont les femmes, et… bref, il dormait suspendu dans un panier.

---

1. ***Deux pieds*** : environ soixante centimètres, le pied étant une ancienne unité de mesure de longueur, ici anglo-saxonne et équivalant donc à environ trente centimètres.

En somme, les lieux étaient simples, grossiers, peu différents de ce que des bébés oursons auraient fait d'une tanière souterraine dans les mêmes circonstances.

Dans le mur, une niche pas plus grande qu'une cage d'oiseau constituait les appartements privés de Clo-la-Rétameuse. Un léger rideau pouvait l'isoler du reste de la pièce, et Clochette, tatillon [1] sur ce chapitre, le tirait chaque fois qu'elle se dévêtait. Aucune femme n'eût pu rêver boudoir [2] plus exquis. Le lit était un authentique Reine Mab [3] aux pieds rococo [4], et sa courtepointe [5] variait selon les fleurs de la saison. Le miroir, bien connu des fournisseurs des fées, datait du Chat Botté (il n'en reste plus que trois exemplaires à l'heure actuelle) et n'avait pas une éraflure. La table de toilette, réversible, provenait de chez Chippendale, le fameux ébéniste [6], et s'assortissait à merveille à la commode de style Prince Charmant VI, et aux tapis anciens. Quant au chandelier, il n'était là que pour le coup d'œil car la fée éclairait elle-même la pièce. Clochette était extrêmement fière de son alcôve [7], vanité sans doute inévitable dans son cas. Toutefois, l'ensemble avait un petit air prétentieux, comme un nez qui pointe en permanence vers le plafond.

Je suppose que Wendy devait trouver son séjour particulièrement enchanteur, car sa turbulente famille lui donnait fort à faire.

---

1. ***Tatillon*** : pointilleuse.
2. ***Boudoir*** : petit salon où les dames recevaient autrefois leurs amis proches.
3. ***Le lit était un authentique Reine Mab*** : le lit était de style Reine Mab, style fantaisiste, inventé ici par Barrie. Queen Mab, dans la mythologie galloise, est la reine des fées et son nom signifie littéralement « accoucheuse », car elle délivre les hommes de leurs rêves.
4. ***Rococo*** : l'adjectif désigne le style rocaille du XVII^e^ siècle, caractérisé par la profusion des ornements.
5. ***Courtepointe*** : couverture de lit.
6. ***Thomas Chippendale*** : ébéniste anglais (1718-1779) qui donna son nom à un style de mobilier caractérisé par des influences française et hollandaise et par l'adoption de motifs empruntés à l'art chinois et au gothique.
7. ***Alcôve*** : renfoncement pratiqué dans le mur pour le lit.

Elle n'avait pas même le temps de monter prendre le frais, sinon le soir et encore, avec une chaussette à la main. Elle ne levait pas le nez des casseroles, pour ainsi dire, et préparait toutes sortes de plats exotiques, à base d'ignames [1], de noix de coco, de sapotilles [2] et j'en passe. Mais l'on ne savait jamais si l'on allait faire un vrai repas ou se contenter d'un repas pour rire : tout dépendait de l'humeur du capitaine. [...]

Wendy attendait que tout le monde soit couché pour coudre et ravauder [3]. Alors, disait-elle, elle pouvait souffler. Elle leur taillait de nouveaux pantalons, ou renforçait les anciens avec des doubles pièces, car tous se montraient durs pour les genoux. Et lorsqu'elle s'asseyait avec sa corbeille pleine de chaussettes aux talons troués, elle levait les bras au ciel en soupirant : « Mon Dieu ! il y a des jours où l'on envierait les vieilles filles ! » et son visage rayonnait.

On se souvient de son petit loup chéri [4]. Dès qu'il sut que Wendy était dans l'Île, il la chercha partout jusqu'à ce qu'ils tombent dans les bras l'un de l'autre, et désormais, il ne la quittait plus.

Au fur et à mesure que le temps passait, songeait-elle beaucoup aux bien-aimés parents qu'elle avait abandonnés ? Question ardue, car il est impossible d'évaluer le temps de l'Imaginaire, qui se calcule en lunes et en soleils innombrables. Wendy, je le crains, ne s'inquiétait pas trop pour ses père et mère, tant elle était persuadée qu'ils gardaient la fenêtre ouverte en vue de son retour. Non, ce qui troublait un peu sa bonne conscience, c'était de voir que John ne conservait qu'un très vague souvenir des parents. Quant à Michael, il était prêt à la considérer comme sa vraie mère. Soucieuse d'accomplir son devoir, elle s'efforça donc de

---

**1.** ***Ignames*** : plantes tropicales à tubercule que l'on cuisine comme la pomme de terre.

**2.** ***Sapotilles*** : fruits du sapotillier, arbre de grande taille d'Amérique centrale, qui ont l'apparence de grosses baies et se mangent très mûrs.

**3.** ***Ravauder*** : repriser, raccommoder.

**4.** Voir p. 31.

graver les jours d'autrefois dans leur mémoire, en leur imposant des interrogations écrites du type de celles qu'on pratique dans les écoles. Les autres garçons, vivement intéressés par cet exercice, insistèrent pour y participer. Ainsi, chacun s'asseyait autour de la table avec son ardoise, écrivait ou se creusait les méninges pour répondre aux questions de Wendy. [...]

Ces questions portaient sur des sujets on ne peut plus quotidiens, et quand on ne savait pas y répondre, il fallait mettre une croix. C'est fou le nombre de croix que John lui-même dut inscrire. Il va de soi que le seul garçon qui répondît à toutes les questions était La Plume. Personne autant que lui ne souhaitait être classé le premier, mais ses réponses étaient si saugrenues, qu'il se retrouvait le plus souvent à la dernière place, hélas !

Peter se tenait hors du jeu. D'une part, il méprisait toutes les mères, exception faite pour Wendy. D'autre part, il ne savait ni lire ni écrire un traître mot. Enfin, il était tellement au-dessus de ces enfantillages ! [...]

Souvent, Peter sortait seul. À son retour, il était impossible de savoir s'il avait eu une aventure ou non. Il pouvait l'avoir si complètement oubliée qu'il n'en soufflait pas un mot. Et si vous sortiez à ce moment-là, vous trébuchiez sur le cadavre ; et vice versa, il vous racontait une histoire à n'en plus finir et vous ne trouviez pas de cadavre ! Il lui arrivait de revenir la tête couverte d'un bandage. Wendy le dorlotait, baignait son front avec de l'eau tiède, tandis qu'il l'affolait de récits étourdissants. Mais elle n'était jamais sûre, voyez-vous. Il y eut toutefois quelques vraies aventures – de celles-là elle était sûre car elle y avait pris part – et d'autres, plus nombreuses encore, qui du moins étaient en partie vraies car les autres garçons y avaient participé et les prétendaient entièrement vraies. Les conter toutes exigerait un volume de la taille d'un dictionnaire anglais-latin/latin-anglais. L'idéal serait de prendre une aventure-type, capable de vous donner une idée de tout ce qui pouvait arriver en moyenne dans l'Île en une heure de temps. Mais laquelle choisir ? Allons-nous prendre le maquis avec les Peaux-Rouges, au Ravin de La Plume ? Cet épisode sanguinaire illustre particulièrement bien une des spécialités de Peter, qui consiste à changer de camp au beau milieu de la bataille. Au Ravin de La Plume, alors que la victoire penchait tantôt pour l'un tantôt pour l'autre camp, Peter s'écria :

« Aujourd'hui, je suis Peau-Rouge. Et toi, La Guigne ?

– Peau-Rouge répondit La Guigne. Et toi, Bon Zigue ? »

Et Bon Zigue de dire :

« Peau-Rouge ! Et vous, les Jumeaux ? »

Et ainsi de suite : tous étaient Peaux-Rouges. Le combat aurait tourné court si les vrais Peaux-Rouges, séduits par les méthodes de Peter, n'avaient décidé entre eux d'être cette fois les enfants perdus, et la lutte reprit, plus acharnée que jamais.

[…] Et si nous vous parlions des oiseaux amis de Peter, en particulier de l'Oiseau Imaginaire qui bâtit son nid sur une branche surplombant la lagune ? […]. Et le défi que lança Peter aux lions, voilà qui vous ferait frissonner ! Il traça un cercle sur le sol et défia les lions de le traverser. Il attendit pendant des heures, avec les garçons autour de lui et Wendy retenant son souffle, perchée à la fourche d'un arbre. En vain : aucun des lions ne releva le gant.

Laquelle de ces aventures allons-nous choisir ? Le mieux est de tirer au sort.

J'ai tiré, et la lagune aux sirènes a gagné […].

# VIII

# La lagune aux sirènes

[…] Les enfants passaient les longues journées d'été sur la lagune, à nager, flotter, jouer dans l'eau avec les sirènes. N'en concluez pas que les sirènes les traitaient en amis. Bien au contraire, ce fut l'un des plus vifs regrets de Wendy de voir que, tout le temps qu'elle vécut dans l'Île, elle n'en reçut jamais un mot poli. Lorsqu'elle longeait à pas feutrés le bord de la lagune, elle pouvait les voir, par la fente d'un rocher, se dorant au soleil sur l'îlot des Abandonnés pour lequel elles avaient une prédilection [1], ou peignant leurs chevelures avec une indolence [2] qui irritait la fillette ; il lui arrivait de nager vers elles pour ainsi dire sur la pointe des pieds, jusqu'à une dizaine de mètres, mais dès qu'elles l'apercevaient, elles plongeaient en l'éclaboussant tout exprès de leurs queues.

Seul Peter jouissait d'un régime de faveur : il venait bavarder avec elles sur le rocher des Abandonnés, et s'asseyait à cheval sur leur queue quand elles se montraient par trop insolentes. Il avait même donné à Wendy un de leurs peignes d'écaille.

La période la plus fascinante pour observer les sirènes est celle du changement de lune, lorsqu'elles émettent d'étranges gémissements. Mais alors, la lagune est dangereuse pour les mortels, et jusqu'au soir dont il va être question, Wendy n'avait jamais vu la lagune au clair de lune, moins par peur (car Peter l'aurait accompagnée) que parce qu'elle exigeait que tout le monde fût au lit à sept heures.

Elle aimait se rendre à la lagune surtout les jours où le soleil brillait après la pluie. C'est alors que les sirènes se rassemblent par centaines et jouent avec des bulles multicolores faites d'eau et d'arc-en-ciel. Elles s'en servent comme des ballons qu'elles se lancent l'une à l'autre d'un coup de queue jusqu'à ce qu'elles éclatent. Les deux extrémités de l'arc-en-ciel forment les buts et les gardiennes de but n'ont le droit de se servir que de leurs mains. Plus les sirènes sont nombreuses, plus le spectacle est attrayant.

Dès que les enfants essayaient de se joindre à elles, ils se retrouvaient seuls entre eux car les sirènes s'évanouissaient

---

1. ***Prédilection*** : nette préférence.
2. ***Indolence*** : mollesse.

aussitôt. Néanmoins, nous avons la preuve qu'elles observaient en cachette les intrus et n'avaient pas honte de leur emprunter des idées. Ainsi, John introduisit une nouveauté dans le jeu, que les gardiennes de but adoptèrent et qui consistait à frapper la bulle de la tête au lieu de la main. C'est un des vestiges du passage de John dans l'Île de l'Imaginaire.

[...] Par un de ces beaux jours d'été, tous se trouvaient donc sur l'îlot des Abandonnés. Ce rocher n'était guère plus large que leur lit, mais ils savaient ne pas prendre trop de place. Les garçons sommeillaient, ou feignaient de sommeiller et se pinçaient dès que Wendy tournait la tête. Car elle était très occupée à coudre.

Soudain, un changement survint dans la lagune. De petits frissons coururent à la surface de la mer, le soleil s'obscurcit, des ombres passèrent sur l'eau qu'elles refroidirent. Wendy, incapable de distinguer les points de son ouvrage, leva les yeux : la lagune, d'ordinaire si riante, avait pris un aspect hostile, inquiétant.

Ce n'était pas la nuit, mais quelque chose d'aussi sombre que la nuit qui était venu. Non, pis que cela : ce quelque chose n'était pas encore là, mais avait envoyé sur la mer un frisson avant-coureur pour annoncer sa venue. Qu'était-ce donc ?

Alors affluèrent à la mémoire de Wendy toutes les histoires qu'on lui avait contées au sujet de l'îlot des Abandonnés, ainsi nommé parce que de méchants capitaines y abandonnaient des marins promis à un prompt naufrage. En effet, la marée montante ne tardait pas à submerger totalement le rocher et les noyait.

Certes, Wendy aurait dû réveiller les enfants, non seulement à cause de cette chose inconnue qui venait vers eux, mais parce qu'il est malsain de dormir sur de la pierre froide. Mais Wendy, étant une jeune maman, ignorait ce détail et croyait bien faire en s'en tenant strictement à la règle de la sieste d'une demi-heure après le repas.

Aussi, bien que transie de peur et souhaitant ardemment ouïr une voix virile, s'interdit-elle jusqu'au bout de les réveiller, même au moment où elle perçut un battement sourd d'avirons emmitouflés et que son cœur se mit à palpiter sauvagement. N'était-ce pas héroïque de sa part ?

Par bonheur pour eux tous, Peter était capable de sentir un danger jusque dans son sommeil. Il se dressa d'un bond, l'œil vif et bien ouvert, et d'un cri réveilla ses compagnons. Puis il tendit l'oreille et s'écria :

« Les pirates ! »

Les autres se serraient contre lui. Un étrange sourire jouait sur sa figure ; Wendy s'en aperçut et frémit. Lorsque Peter souriait ainsi, personne n'osait plus lui adresser la parole. Il n'y avait plus qu'à obéir. L'ordre claqua sèchement :

« Plongez ! »

Il y eut comme un feu d'artifice de jambes nues, puis la lagune sembla totalement déserte. Le rocher des Abandonnés se dressait solitaire au milieu des eaux sombres, comme abandonné à son tour.

La barque se rapprochait. C'était le canot des pirates, avec trois personnes à son bord, Smee et Starkey, et rien moins que Lis Tigré, prisonnière. Ses mains et ses chevilles étaient ligotées, et elle n'ignorait pas le sort qui l'attendait. Elle allait périr, abandonnée sur le rocher, d'une mort plus terrible pour quelqu'un de sa race que la mort par le feu ou les tortures car n'est-il pas écrit dans le Livre de la tribu : « Il n'est dans l'eau aucun chemin qui mène aux terrains de chasse célestes [1]. » Néanmoins, son visage ne reflétait aucune émotion. Fille de chef, elle devait mourir en fille de chef, un point c'est tout.

On l'avait capturée alors qu'elle montait sur le bateau pirate, un poignard entre les dents. Crochet ne laissait jamais de guetteur à bord, car il se targuait [2] de ce que son sinistre renom suffisait pour tenir l'ennemi à bonne distance. Et bientôt, le triste destin

1. ***Terrains de chasse célestes*** : équivalent du paradis après la mort pour les anciens Indiens d'Amérique.

2. ***Se targuait*** : se vantait.

de Lis Tigré irait encore accroître ce renom ; et le vent se grossirait d'un gémissement de plus.

Plongés dans les ténèbres qu'ils amenaient avec eux, les pirates ne virent le rocher que lorsqu'ils faillirent s'écraser dessus.

« Lofe[1], marin d'eau douce ! cria une voix irlandaise. Nous sommes arrivés. Il ne reste plus qu'à hisser cette Peau-Rouge sur le rocher et à l'abandonner à son sort. »

La belle enfant fut débarquée sans ménagement, mais elle était trop fière pour opposer une vaine résistance. Derrière le rocher, deux têtes, celles de Peter et de Wendy, apparaissaient de temps en temps hors de l'eau. Wendy pleurait, c'était la première fois qu'elle assistait à une tragédie. Peter en avait vu bien d'autres et les avait toutes oubliées. Il se souciait moins que Wendy de la victime. Ce qui l'indignait et le décida à intervenir, c'était ce deux contre un !

Le moyen le plus sûr eût été d'attendre le départ des pirates, mais Peter n'était pas de ceux qui choisissent la facilité. Et comme il savait tout faire, ou presque, il se mit à imiter la voix de Crochet :

« Ohé du canot, marins d'eau douce ! »

L'imitation était parfaite.

« Le capitaine ! firent les pirates en se regardant l'un l'autre d'un œil étonné.

– Il doit nager à notre rencontre, dit Starkey après avoir vainement scruté les alentours.

– Nous sommes en train de débarquer la Peau-Rouge sur le rocher ! cria Smee.

– Relâchez-la ! »

La réponse avait de quoi surprendre.

« La relâcher ?

– Oui ! Détachez-la et rendez-lui sa liberté.

– Mais, capitaine…

– Immédiatement, vous m'entendez ! Ou je vous plonge mon crochet dans le corps ! cria Peter.

---

**1.** ***Lofe*** : mène le bateau plus près du vent.

– Voilà qui est étrange, souffla Smee.

– Mieux vaut obéir aux ordres du capitaine, dit Starkey, nerveux.

– Bon, bon ! », dit Smee.

Et il trancha les cordes qui liaient Lis Tigré. Celle-ci glissa comme une anguille entre les jambes de Starkey et plongea.

Wendy se sentait débordante d'admiration pour Peter ; mais elle savait que lui-même devait crever d'orgueil ; il allait très probablement pousser son cocorico triomphal, et se trahir lui-même. Aussi voulut-elle lui mettre la main sur la bouche, mais son geste fut interrompu par un « Ohé du bateau ! » qui résonna sur la lagune. C'était la voix de Crochet, mais la vraie, cette fois.

Sur le point de chanter victoire, Peter ne put émettre qu'un sifflement étonné.

« Ohé du bateau ! », cria de nouveau la voix.

Wendy comprit aussitôt. Le vrai Crochet se trouvait lui aussi dans l'eau.

Il nageait vers le canot, et ses hommes lui tendaient une lanterne pour le guider vers eux. À la clarté de cette lanterne, Wendy vit le crochet du capitaine agripper le bord de l'embarcation ; elle vit sa vilaine face bistrée [1], et lorsqu'il émergea ruisselant d'eau, tremblante elle aurait voulu s'éloigner à la nage, mais Peter refusait de bouger de là. Il débordait de vie autant que de suffisance [2].

« Ne suis-je pas merveilleux ? », souffla-t-il.

Bien qu'elle partageât cette opinion, elle se réjouit que personne d'autre qu'elle ne fût là pour l'entendre.

Il lui fit signe d'écouter en silence.

Les deux pirates étaient curieux de savoir ce qui amenait le capitaine, mais ce dernier demeurait prostré [3] dans une attitude mélancolique, la tête appuyée sur son crochet.

« Tout va bien, capitaine ? », demandèrent-ils timidement.

---

**1.** ***Bistrée*** : voir note 6, p. 71.

**2.** ***Suffisance*** : orgueil, vanité.

**3.** ***Prostré*** : complètement abattu.

Un sourd gémissement leur répondit.

« Il a soupiré, chuchota Smee.

– Il soupire encore, fit Starkey.

– Et il remet ça, dit Smee.

– Qu'est-ce qui ne va pas, capitaine ? »

Enfin Crochet laissa éclater son désespoir.

« Rien ne va plus ! s'écria-t-il, les garçons ont trouvé une maman. »

Si effrayée qu'elle fût, Wendy se sentit gonflée de fierté.

« Ô jour néfaste[1] ! s'exclama maître Starkey.

– Qu'est-ce que c'est qu'une maman ? », demanda l'ignorant Smee.

Wendy en fut scandalisée au point qu'elle laissa échapper un cri :

« Il ne sait pas ce que c'est ! [...]

– S'ils ont trouvé une maman, dit Starkey, peut-être est-elle venue pour aider Peter ?

– C'est précisément ce que je crains », dit Crochet avec une grimace.

Mais la voix impatiente de Smee le tira de son abattement.

« Capitaine, disait Smee, et si nous kidnappions la mère de ces garçons pour en faire notre mère ?

– Voilà une idée géniale ! s'écria Crochet dont le cerveau puissant conçut aussitôt les moyens pratiques de la réaliser. Nous nous emparerons des enfants et les mènerons à bord. Les garçons se promèneront sur la planche[2] et Wendy sera notre mère. »

Une fois de plus, Wendy s'oublia.

« Jamais ! cria-t-elle, et elle replongea sous l'eau.

---

1. ***Néfaste*** : fatal, malheureux. Dans l'Antiquité romaine, toute activité publique était interdite les jours déclarés néfastes par les augures (prêtres chargés de prédire l'avenir), au contraire des jours fastes.

2. Les pirates se débarrassaient de leurs prisonniers en les obligeant à avancer les yeux bandés sur une planche posée sur le bastingage, jusqu'à ce qu'ils tombent à l'eau.

– Qu'est-ce que c'était ? »

Mais les pirates ne voyaient rien et crurent que c'était une feuille portée par le vent.

« Alors, c'est d'accord, mes agneaux ? demanda Crochet.

– Topez-là, capitaine, dirent les deux hommes en tendant la main.

– Topez-là et jurez ! », dit Crochet en tendant sa griffe.

Tous trois prêtèrent serment. Soudain, Crochet se souvint de Lis Tigré.

« Où est la Peau-Rouge ? », demanda-t-il.

Comme il aimait parfois à plaisanter, Smee le croyant d'humeur badine [1] répondit d'un ton satisfait :

« C'est fait, capitaine, nous l'avons relâchée.

– Relâchée ?

– Conformément à vos ordres, bredouilla le maître d'équipage.

– Vous nous avez crié de la libérer, confirma Starkey.

– Scorbut et choléra [2] ! N'essayez pas de me rouler ! », tonna [3] Crochet, noir de fureur.

Mais, voyant que les deux hommes étaient sincères, il éprouva un choc.

« Les gars, dit-il d'une voix mal assurée, je n'ai jamais donné un tel ordre.

– Extrêmement louche », dit Smee qui se trémoussait, mal à l'aise.

Crochet haussa la voix, mais elle tremblait un peu.

« Esprit qui, cette nuit, hantes cette sombre lagune, cria-t-il, m'entends-tu ? »

Naturellement, Peter aurait dû se tenir tranquille ; naturellement, il ne le fit pas et répondit aussitôt, en prenant la voix de Crochet :

---

1. ***D'humeur badine*** : d'humeur légère.
2. ***Scorbut, choléra*** : ici, jurons.
3. ***Tonna*** : gronda.

« Scorbut et choléra, je t'entends ! »

Quoique intérieurement vert de peur, Crochet ne blêmit même pas, mais Starkey et Smee se cramponnèrent l'un à l'autre de terreur.

« Qui es-tu, étranger ? Parle ! ordonna Crochet.

– Je suis Jacques Crochet, le capitaine du *Jolly Roger*, répliqua la voix.

– Ce n'est pas vrai, ce n'est pas vrai ! répliqua Crochet d'une voix enrouée.

– Mort de mes os ! rétorqua la voix. Répète-le encore une fois et je te harponne ! »

Crochet voulut recourir à des manières plus patelines [1].

« Si tu es Crochet, dit-il presque humblement, alors dis-moi, qui suis-je donc ?

– Une morue ! répondit la voix. Rien d'autre qu'une morue !

– Une morue ! », répéta Crochet, hagard [2].

Sa vaillance ne résista pas à ce choc. En outre, ses hommes l'abandonnaient.

« Ainsi, nous avons été commandés si longtemps par une morue ? grommelèrent-ils. C'est déshonorant ! »

Ses propres chiens essayaient de le mordre [3], mais dans sa tragique solitude, il n'y prit pas garde. Contre une telle évidence, ce n'était pas de leur confiance qu'il avait besoin mais de la sienne. Il sentait son moi lui échapper : « Ne fais pas ça, mon frère ! » implora-t-il.

[…] Et il eut soudain l'idée d'essayer le jeu des devinettes.

---

1. ***Patelines*** : hypocrites. Le mot est formé sur le nom de maître Pathelin, héros d'une pièce du xv^e siècle, *La Farce de maître Pathelin*, d'auteur inconnu, mettant en scène plusieurs personnages sur le thème du trompeur trompé.
2. ***Hagard*** : effaré.
3. Image empruntée à la mythologie grecque. Au cours d'une de ses chasses, le jeune Actéon avait aperçu par hasard la déesse Artémis (Diane), qui ne devait être vue d'aucun homme. Celle-ci le châtia en le transformant en cerf ; il fut « dévoré par ses propres chiens ».

« Crochet, lança-t-il, as-tu une autre voix ? »

Incapable de résister à la tentation, l'espiègle Peter répondit gaiement de sa voix naturelle :

« Oui, j'en ai une.

– Et un autre nom ?

– Oui ! Oui !

– Es-tu un végétal ? demanda Crochet.

– Non !

– Un minéral ?

– Non !

– Un homme ?

– Oh, ça non, alors !

– Un garçon ?

– Oui !

– Un garçon ordinaire ?

– Non !

– Un merveilleux garçon ? »

Au grand désespoir de Wendy, cette fois la réponse fut :

« Oui !

– Vis-tu en Angleterre ?

– Non !

– Ici ?

– Oui ! »

Complètement déconcerté, Crochet s'épongea le front et dit aux autres :

« À vous de lui poser des questions. »

Smee réfléchit.

« Je ne sais pas quoi demander, dit-il à regret.

– Vous ne devinerez pas ! Vous ne devinerez pas ! jubilait[1] Peter. Vous donnez votre langue au chat ? »

Son fol orgueil l'entraînait trop loin, et les gredins virent l'occasion d'en profiter.

---

1. ***Jubilait*** : voir note 3, p. 45.

« Oui, oui, répondirent-ils.

– Je suis Peter Pan ! »

Pan !

En un instant, Crochet fut redevenu lui-même et Smee et Starkey ses fidèles acolytes.

« Nous le tenons ! cria Crochet. À l'eau, Smee ! Starkey, veille au bateau ! Prenez-le mort ou vif ! »

Il bondissait de joie. Au même instant, la voix joyeuse de Peter se fit entendre :

« Vous êtes prêts, les gars ?

– Oui ! Oui ! répondit-on de tous côtés de la lagune.

– Alors, à l'attaque ! Rentrez-leur dans le chou ! »

Le combat fut bref mais âpre. Le premier à répandre le sang, ce fut John qui grimpa hardiment dans la barque et s'empoigna avec Starkey. Après une lutte sauvage, le coutelas fut arraché des mains du pirate qui passa par-dessus bord, suivi de John. Et le canot partit à la dérive.

Çà et là, une tête jaillissait hors de l'eau, une lame jetait son éclat acier. C'était alors des « aïe ! » des « youpi ! » et dans la confusion, on s'en prenait parfois à ses propres alliés. Le tire-bouchon de Smee atteignit La Guigne à la quatrième côte, mais l'Irlandais fut à son tour transpercé par Le Frisé. Un peu plus loin, Starkey serrait de près La Plume et les Jumeaux.

Et pendant ce temps-là, Peter se demandait comment corser la partie.

La bande n'était composée que de garçons courageux, et l'on ne saurait le blâmer d'avoir reculé devant le capitaine des pirates, dont la griffe de fer décrivait un cercle d'épouvante que tous fuyaient comme des poissons affolés.

Un seul parmi eux n'avait pas peur et se préparait à entrer dans ce cercle.

Curieusement, pourtant, la rencontre n'eut pas lieu dans l'eau. Crochet se hissa sur le rocher pour souffler un peu, au moment même où Peter escaladait l'autre côté. Le rocher était plus glissant qu'un œuf, et il fallait ramper plutôt que grimper. Chacun ignorait que l'autre approchait et, cherchant une prise où s'agripper, leurs bras se rencontrèrent. De surprise, tous deux levèrent la tête ; leurs visages se touchaient presque. Ils étaient nez à nez.

[…] Peter n'éprouvait que de la joie et il souriait de toutes ses dents de lait. Prompt comme l'éclair, il saisit le poignard à la ceinture de Crochet et allait le replanter à sa place quand il s'aperçut que l'ennemi était plus bas que lui sur le rocher. Profiter de cet avantage n'eût pas été de bonne guerre. Peter tendit donc la main au pirate pour l'aider à monter.

Ce fut alors que Crochet le mordit.

Bien plus que la douleur elle-même, ce procédé déloyal laissa Peter hébété, complètement désarmé. Il contemplait l'adversaire avec des yeux horrifiés. Tous les enfants éprouvent cette révolte, la première fois qu'on les prend par traîtrise. Lorsqu'ils viennent vers vous pour vous appartenir, ce qu'ils attendent de vous, c'est que vous vous comportiez loyalement. Si vous trichez, ils vous aimeront encore, mais ne seront plus jamais les mêmes. Aucun enfant ne guérit jamais de cette première trahison. Aucun hormis Peter qui en faisait souvent l'expérience mais oubliait toujours. Je suppose que c'est cela qui le distinguait vraiment des autres.

Aussi, en ce moment, tout se passait comme s'il en était à sa première expérience : il restait là, les yeux écarquillés, incapable de se défendre. À deux reprises, la main de fer le griffa.

Et peu après, les garçons virent Crochet dans l'eau, nageant désespérément vers son bateau. Son affreux visage ne reflétait aucune joie, seulement la peur, une peur atroce, car le crocodile le poursuivait avec acharnement. En temps ordinaire, les garçons les auraient accompagnés en prodiguant des encouragements. Mais ils se sentaient vaguement inquiets de ne plus voir ni Peter ni Wendy, et ils se mirent à les chercher dans toute la lagune en criant leurs noms. Ils trouvèrent le canot des pirates et s'y embarquèrent pour regagner la rive sans cesser d'appeler Peter et Wendy. Seul le rire moqueur des sirènes leur répondit.

« Ils ont dû repartir à la nage ou en volant », conclurent-ils. À vrai dire, ils avaient une telle confiance en Peter qu'ils ne s'inquiétaient pas outre mesure. Ils gloussaient comme des polissons à l'idée qu'ils seraient en retard pour le coucher. Mais aussi, c'était la faute de maman Wendy !

Leurs cris s'éteignirent et le silence glacé retomba sur la lagune. Soudain, un faible cri s'éleva :

« Au secours ! au secours ! »

Deux petites formes battaient contre le rocher. La fillette était évanouie, le garçon la portait dans ses bras. Dans un sursaut de désespoir, Peter poussa Wendy sur le rocher et s'allongea près d'elle. Près de s'évanouir à son tour, il vit encore que la marée montait. Bientôt tous deux seraient noyés. Mais il ne pouvait rien faire de plus.

Comme ils étaient étendus côte à côte, une sirène vint saisir Wendy par le pied et la tira furtivement dans l'eau. Peter, sentant sa compagne glisser, se réveilla en sursaut et n'eut que le temps de la ramener sur le rocher. Mais il fallait lui dire la vérité, à présent.

« Nous sommes sur le rocher, Wendy, mais la place rétrécit. Bientôt la mer l'aura entièrement recouvert. »

Elle ne comprit pas sur le coup.

« Il faut rentrer, dit-elle joyeusement.

– Oui, répondit-il, à moitié défaillant.

– On nage ou on vole, Peter ? »

Il devait lui faire comprendre.

« Te sens-tu capable de nager ou de voler jusqu'à l'Île, Wendy ? C'est loin, Wendy. »

Elle dut reconnaître qu'elle était trop fatiguée.

Il gémit.

« Qu'as-tu ? s'inquiéta-t-elle aussitôt.

– Je ne peux pas t'aider. Crochet m'a blessé. Je ne peux ni nager ni voler.

– Nous allons être noyés tous les deux ? Regarde comme l'eau monte. »

Ils se mirent les mains sur les yeux pour ne plus voir le danger. Ainsi, bientôt, ils ne seraient plus. Comme ils demeuraient assis immobiles, une chose plus légère qu'un baiser effleura Peter, et se tint là, comme pour demander timidement : « Puis-je vous être utile ? »

C'était la queue d'un cerf-volant que Michael avait confectionné quelques jours plus tôt. Le jouet s'était échappé de ses mains et s'était éloigné en planant.

« Le cerf-volant de Michael », dit Peter d'un ton morne.

Mais l'instant d'après, il saisit vivement la corde et se mit à tirer dessus [...].

[Il veut y attacher Wendy. Celle-ci proteste : le cerf-volant doit les emporter tous les deux – mais en vain...]

Déjà, il avait ceint la corde autour de la fillette. Elle s'accrocha à lui, refusant de l'abandonner. Alors il la poussa hors du rocher.

« Au revoir, Wendy ! »

En quelques minutes, elle disparut de sa vue et il se retrouva seul sur la lagune. [...]

Peter n'était pas tout à fait comme les autres garçons, mais enfin il eut peur. Une crainte profonde le parcourut comme un frisson court sur l'eau. Sur la mer, un frisson succède à l'autre et des centaines d'autres le suivent. Peter, lui, ne sentit que le premier. L'instant d'après, il se dressait à nouveau sur la pointe du rocher, avec ce fameux sourire sur son visage et un tambour battant dans sa poitrine. Et ce tambour disait : « Mourir ! Ça, c'est une aventure ! »

# IX
# L'Oiseau Imaginaire

Une à une, les sirènes se retirèrent dans leurs chambres sous la mer et Peter se retrouva complètement seul. Il était trop loin pour entendre leurs portes se fermer ; en revanche, il percevait fort bien les sonnettes qui tintent au seuil de ces grottes de corail.

Inexorablement la mer montait et déjà lui léchait les pieds. Il n'y avait plus qu'à attendre d'être englouti. Pour passer le temps, Peter s'absorba dans la contemplation du seul objet qui bougeât sur la lagune. Il crut tout d'abord que c'était une feuille de papier flottant sur les vagues, peut-être même un morceau de cerf-volant, et se demanda oisivement combien il lui faudrait de temps pour échouer au rivage.

Puis il fut frappé par un fait bizarre : la chose en papier semblait poursuivre un but bien défini à travers la lagune, car elle luttait contre les vagues, souvent même avec succès. Chaque fois qu'elle remportait la victoire, Peter, toujours partisan du plus faible, applaudissait très fort ce vaillant morceau de papier…

… Lequel n'était autre que l'Oiseau Imaginaire, assis sur son nid et s'efforçant opiniâtrement[1] de rejoindre Peter. En ramant de l'aile, il était en partie capable de diriger son étrange embarcation, mais au moment où Peter le reconnut, il lui parut épuisé. Cette mère oiseau venait là dans le but de sauver le garçon et lui offrir son nid où pourtant se trouvaient encore les œufs.

De loin, elle lui cria bien fort ce qu'elle avait l'intention de faire, et Peter s'époumona à lui demander ce qu'elle faisait là. De toute évidence, ni l'un ni l'autre ne se comprenait. Dans certains

1. ***Opiniâtrement*** : avec obstination.

contes pleins d'extravagance, les gens parlent couramment le langage des oiseaux ; comme j'aimerais me trouver en ce moment dans ce genre d'histoires et prétendre que Peter conversa fort intelligemment avec l'Oiseau Imaginaire ; mais je dois respecter la vérité et m'en tenir aux faits. Eh bien, non seulement ils ne se comprirent pas mais ils en oublièrent les bonnes manières.

« Je – t'amène – mon – nid –, articula l'Oiseau aussi lentement que possible, pour – que – tu – puisses – regagner – la – terre – mais – je – suis – trop – fatiguée – pour – venir – essaie – de – nager – vers – moi.

– Qu'est-ce que tu couines ? répondit Peter. Pourquoi ne laisses-tu pas dériver ton nid comme d'habitude ?

– Je t'amène – et cetera... », répéta l'Oiseau depuis le début.

Peter essaya de parler lentement et distinctement.

« Qu'est-ce – que – tu – couines – et cetera... »

L'Oiseau commença à s'impatienter. Les oiseaux sont très soupe au lait [1].

« Pourquoi ne fais-tu pas ce que je te dis, hibou à tête de linotte ? »

Devinant que la mère oiseau lui lançait des injures, Peter rétorqua à tout hasard :

« Toi-même ! »

Et curieusement, tous deux se renvoyèrent la même réplique :

« Boucle-la !

– Boucle-la ! »

Néanmoins l'Oiseau était toujours résolu à sauver le garçon et dans un dernier effort, il poussa son nid contre le rocher puis s'envola, pour mieux lui faire comprendre son dessein.

Peter comprit enfin, saisit le nid et agita la main pour remercier la mère oiseau qui planait au-dessus de lui.

En fait, ce n'était pas les remerciements qui l'intéressaient, ni de voir comment Peter s'y prendrait pour entrer là-dedans. Non,

1. ***Soupe au lait*** : qui se met facilement en colère.

si elle s'attardait là-haut, c'était afin de connaître le sort qu'il allait réserver à ses œufs.

C'étaient deux gros œufs blancs. Peter les prit dans ses mains et réfléchit. La mère se cacha la tête entre les ailes pour ne pas assister au désastre, mais elle ne put s'empêcher de jeter un petit coup d'œil.

J'ai dû oublier de vous dire qu'un piquet se dressait sur le rocher, planté là jadis par des boucaniers[1] pour repérer l'emplacement d'un trésor enterré. Les enfants avaient découvert le scintillant magot et, lorsqu'ils étaient en veine d'espièglerie, ils jetaient des poignées de pièces d'or, de diamants, de perles et de pièces de huit aux mouettes qui plongeaient dessus, croyant que c'était de la nourriture, puis repartaient furieuses de s'être laissées duper. Le piquet était toujours là, et Starkey y avait oublié tout à l'heure son chapeau, un profond couvre-chef en toile goudronnée imperméable, à large bord. Peter mit les œufs dans le chapeau qu'il déposa sur l'eau. Il flottait à merveille.

L'Oiseau Imaginaire cria à Peter son admiration pour cette ingénieuse trouvaille, mais Peter s'était déjà félicité. Il s'installa dans le nid, y planta le piquet auquel il attacha sa chemise en guise de voile. Au même instant, la mère oiseau descendit sur le chapeau et se remit à couver ses œufs. Les flots les emportèrent chacun de leur côté tandis qu'ils se souhaitaient bon voyage.

Lorsque Peter aborda au rivage, il choisit pour échouer son embarcation un endroit où l'Oiseau la retrouverait facilement. Mais le chapeau connut un tel succès que la mère oiseau renonça à son nid. Et souvent, Starkey venait sur le bord de la lagune, et contemplait avec amertume la mère oiseau assise sur son chapeau. Comme nous ne la verrons plus, il est intéressant de signaler qu'actuellement, tous les Oiseaux de l'Île construisent leur nid en forme de chapeau, avec un large rebord où les petits viennent prendre le frais.

---

1. ***Boucaniers*** : pirates qui infestaient l'Amérique.

Grandes furent les réjouissances lorsque Peter arriva à la maison souterraine, presque en même temps que Wendy, que le cerf-volant avait promenée de-ci de-là. Chacun avait des aventures à raconter, mais la plus extraordinaire de toutes fut sans doute que l'heure du coucher était déjà passée depuis longtemps. Cela les flattait tellement qu'ils inventaient toutes sortes de ruses, comme de réclamer des pansements, pour gagner encore un moment. Mais Wendy, quoique fière d'avoir tout son petit monde sain et sauf à la maison, s'indignait de l'heure tardive et criait : « Au lit ! au lit ! » d'un ton qui n'admettait pas la désobéissance. Le lendemain, toutefois, elle se montra des plus tendres, et distribua des pansements à chacun ; et jusqu'à l'heure du coucher, ils s'amusèrent à boiter et à porter le bras en écharpe.

## X
## Un foyer heureux

[Après le sauvetage de Lis Tigré par Peter lors de l'épisode de la lagune, les Peaux-Rouges font la paix avec les enfants, rebaptisent Peter le « Grand Père Blanc » et veillent sur la demeure souterraine. Wendy, que les enfants appellent tous « maman », coud et cuisine tandis que Peter, « papa », passe ses journées dans la forêt. Bref, malgré les disputes des enfants et une certaine rivalité entre Lis Tigré et Wendy au sujet de Peter, tout le monde joue à faire semblant de mener une vie de famille.]

# XI
# L'histoire de Wendy

[Le soir, Wendy raconte des histoires aux enfants. La voici qui entreprend de faire le récit de son voyage en compagnie de ses frères au pays de l'Imaginaire. Puis elle se projette dans le futur et imagine son retour, avec John et Michael, dans la maison familiale : Mme Darling a laissé la fenêtre ouverte et les accueille à bras ouverts. Mais ce tableau idyllique contrarie Peter : Wendy se trompe – « Il y a longtemps, dit-il, je pensais moi aussi que ma mère laisserait la fenêtre ouverte pour moi. Je restai donc absent pendant des lunes et des lunes. Mais quand je revins, il y avait des barreaux à la fenêtre car maman m'avait complètement oublié, et un autre petit garçon dormait dans mon lit. » Aussi Wendy et ses frères s'inquiètent-ils soudain : et s'il leur arrivait la même chose ? Ils décident de quitter l'Île sans plus attendre, au grand dam de Peter, triste de devoir se séparer de Wendy : « Puisque cela lui était égal, à elle, de s'en aller, il lui montrerait, lui Peter, comme il s'en battait l'œil ! En réalité, il souffrait beaucoup ; et son cœur était [...] plein de rancune contre les grandes personnes qui gâchent tout, comme d'habitude. » Wendy propose aux enfants de les accompagner et de convaincre ses propres parents de les adopter. Tous acceptent avec joie, sauf Peter – « Si Peter avait jamais eu une mère, elle ne lui manquait plus depuis longtemps. Il avait chassé cette engeance[1] de sa mémoire et n'en avait retenu que les inconvénients », dit le conte. Clochette s'apprête à montrer le chemin à toute l'équipée lorsque soudain les pirates attaquent les Peaux-Rouges.]

1. ***Engeance*** : catégorie de personnes méprisables ou détestables.

# XII
## Pris au piège !

L'attaque des pirates avait été une franche surprise, preuve évidente que le perfide Crochet ne l'avait pas menée selon les règles, car pour surprendre des Peaux-Rouges, les Blancs doivent se lever matin !

D'après les lois non écrites de la guerre sauvage, c'est toujours au Peau-Rouge d'attaquer, et cette race rusée attaque juste avant l'aube, sachant qu'à cette heure-là, le courage des Blancs est à son point mort.

[…] Telle est la procédure normale, et Crochet la connaissait si bien qu'il ne pouvait mettre son entorse au protocole[1] sur le compte de l'ignorance.

Pour leur part, les Piccaninny avaient une entière confiance dans son sens de l'honneur, et toute leur conduite au cours de cette nuit contraste sévèrement avec celle du capitaine des pirates. Ils ne négligèrent rien de ce qui pouvait contribuer à la réputation de leur tribu. Avec cette alacrité des sens[2] qui fait l'admiration et le désespoir des peuples civilisés[3], ils surent que les pirates étaient dans l'Île dès l'instant où le premier d'entre eux marcha sur une brindille sèche. Et l'instant d'après, les cris des coyotes[4] débutaient. Chaque pouce de terrain compris entre le lieu de débarquement des forces ennemies et la maison sous les arbres fut exploré

1. ***Protocole*** : ordre précis et immuable dans lequel doit se dérouler un rite ou une cérémonie.
2. ***Alacrité des sens*** : le fait d'avoir les sens aiguisés (en particulier ici l'ouïe).
3. L'emploi du mot est ironique. Il désigne les pirates qui se conduisent en « sauvages », ne respectant pas les règles établies.
4. ***Coyotes*** : genre de chacals d'Amérique du Nord.

par des éclaireurs qui chaussaient leurs mocassins le talon tourné vers l'avant.

Ils ne découvrirent qu'une seule butte qui eût un cours d'eau à ses pieds, si bien que Crochet n'avait pas le choix : il devait s'établir là et y attendre le moment qui précède l'aube. [...]

Comme ils rêvaient tout éveillés aux tortures exquises qu'ils lui infligeraient au lever du jour, ces confiants sauvages [1] furent découverts par leur déloyal adversaire. D'après les récits des rares rescapés du carnage, Crochet ne se serait pas arrêté un seul instant sur la butte ; pourtant, il ne pouvait pas ne pas la voir dans la clarté grise de l'avant-aube. Pas un moment l'idée d'attendre qu'on l'attaque ne l'effleura et il ne patienta même pas jusqu'à la fin de la nuit pour leur tomber dessus. Que pouvaient faire ces guerriers déconcertés, experts comme ils l'étaient en toute espèce de ruse de guerre sauf celle-là, sinon trotter désespérément derrière lui, s'exposant à découvert sans cesser de moduler le cri coyote avec des inflexions pathétiques ?

Autour de la vaillante Lis Tigré se tenaient une douzaine de braves parmi les plus costauds. Ils virent soudain les pirates sans scrupule fondre sur eux. Alors tomba le voile à travers lequel leurs yeux avaient contemplé la victoire. Adieu, tortures autour du poteau ! À eux de partir pour les bienheureux terrains de chasse célestes ! Ils le savaient et cependant, ils se comportèrent en dignes fils de leurs pères. Il leur eût été encore possible, s'ils s'étaient levés promptement, de se grouper en une phalange [2] difficile à forcer. Mais les traditions de la tribu le leur interdisaient. Il est écrit que le noble sauvage ne doit jamais montrer sa surprise en présence des Blancs. Quelque terrible qu'ait pu leur sembler l'apparition

---

**1.** Au début du XX^e^ siècle et de la part d'un auteur anglais, l'emploi du mot n'a rien de surprenant ; il n'a pas un sens aussi méprisant qu'aujourd'hui, même si les Européens, parmi lesquels les Anglo-Saxons, ont longtemps eu un très net sentiment de supériorité par rapport aux peuples qu'ils colonisaient, notamment par rapport aux Indiens d'Amérique.

**2.** ***Phalange*** : dans l'Antiquité grecque, le mot désigne une formation compacte de soldats, très longue et très étroite.

soudaine des pirates, ils restèrent immobiles, sans broncher, comme si l'ennemi était venu sur invitation. La tradition ayant été respectée, alors seulement ils saisirent leurs armes, l'air retentit de cris de guerre, mais il était trop tard.

Il ne nous appartient pas de décrire ce combat, ou plutôt ce massacre. Cette nuit-là fut moissonnée la fine fleur [1] de la chevalerie piccaninnyenne. S'ils moururent, ce ne fut pas sans être vengés, car avec Loup Maigre tomba Alf Mason, terreur de la mer des Caraïbes ; d'autres encore mordirent la poussière, tels Geo Scourie, Chas Turley [2], et cette vieille baderne [3] de Foggerty. Turley fut fauché par le tomahawk du terrible Panthère, qui se tailla finement un chemin à travers les rangs des flibustiers [4], avec Lis tigré et le pauvre reste de sa tribu.

À l'historien de décider jusqu'à quel point Crochet mérite d'être blâmé pour sa tactique. Eût-il attendu sur la butte l'heure réglementaire de l'attaque, lui et ses hommes eussent été massacrés ; dès lors qu'on le juge, il est juste d'en tenir compte. Du moins aurait-il pu informer l'adversaire qu'il se proposait de suivre une nouvelle méthode. D'un autre côté, dès l'instant que l'effet de surprise était détruit, sa stratégie devenait caduque [5]. De quelque point de vue qu'on l'envisage, le problème se hérisse de difficultés. Du reste, on ne peut se retenir d'admirer, bien qu'à contre-cœur, l'esprit qui conçut ce plan audacieux, et le génie cruel qui mena à bien l'entreprise.

Mais Crochet lui-même, que ressentait-il en cette heure de triomphe ? Ses acolytes [6] auraient donné gros pour le savoir,

---

1. ***La fine fleur*** : l'expression désigne à l'origine la mouture la plus fine de la farine, c'est-à-dire la farine de qualité supérieure ; par extension, l'expression sert à exprimer le caractère exceptionnel de quelqu'un ou quelque chose.
2. ***Geo Scourie*, *Chas Turley*** : noms d'amis de l'auteur.
3. ***Vieille baderne*** : vieux radoteur.
4. ***Flibustiers*** : synonyme de pirates.
5. ***Caduque*** : dépassée.
6. ***Acolytes*** : complices, personnes entraînées par d'autres (du grec *akolouthos*, « serviteur »).

tandis qu'à une distance respectable de sa griffe, ils haletaient péniblement en nettoyant leurs coutelas, et lorgnaient de leurs yeux de furet cet homme hors du commun. Si l'orgueil du triomphe gonflait son cœur, du moins son visage demeurait-il impassible : énigme ténébreuse à jamais solitaire, il se tenait, de corps comme d'esprit, à l'écart de ses hommes.

Cependant, la besogne n'était pas terminée. Il n'était pas venu pour détruire les Peaux-Rouges : ceux-ci n'étaient que les abeilles qu'il faut enfumer pour parvenir jusqu'au miel. Ce qu'il voulait, c'était Pan, Wendy, et toute la bande, mais surtout Pan.

On s'étonnera qu'un petit garçon comme Peter pût inspirer une telle haine à cet homme. Il est vrai qu'il avait jeté le bras de Crochet au crocodile ; mais ce même fait, et l'insécurité permanente qui en résultait étant donné l'opiniâtreté du crocodile, justifiaient difficilement un désir de vengeance aussi implacable [1]. En vérité, il y avait chez Peter un je-ne-sais-quoi qui exaspérait le pirate jusqu'à la transe [2]. Ce n'était pas son courage, ni même sa tournure avenante ; ce n'était pas non plus… mais pourquoi tourner autour du pot puisque nous savons très bien ce que c'était, et que le moment est venu de le dire. C'était le toupet de Peter.

Voilà ce qui agaçait Crochet, et sa griffe en tremblait de rage. La nuit, ce toupet l'obsédait tel un insecte fastidieux [3]. Aussi longtemps que Peter vivrait, cet homme ressentirait le supplice d'un lion encagé avec un moineau.

La question qui se posait maintenant était de savoir comment faire pour descendre par ces arbres, ou comment faire descendre ses hommes. Il les examina un à un, de son regard en vrille, cherchant à distinguer les plus maigres. Eux se trémoussaient mal à l'aise, sachant qu'il ne se ferait aucun scrupule de les y enfoncer jusqu'en bas avec des perches.

---

**1.** ***Implacable*** : qu'on ne peut pas apaiser (du latin *placare*, « calmer, apaiser »).
**2.** ***Jusqu'à la transe*** : jusqu'à être hors de soi.
**3.** ***Fastidieux*** : fatigant, insupportable.

Et les enfants, pendant ce temps-là ? Nous les avons laissés transformés, au premier choc des armes, en statues de pierre, bouche bée, tout suppliants et les bras tendus vers Peter. Nous les retrouvons à présent bouches refermées et les bras ramenés le long du corps. Le tohu-bohu, là-haut, a cessé aussi soudainement qu'il commença, comme passe une bourrasque orageuse. Mais ils savaient qu'au passage, elle avait décidé de leur sort.

« Quel parti était le vainqueur ? »

Les pirates, qui tendaient anxieusement l'oreille à l'orifice de chaque arbre, entendirent cette question posée par les garçons. Hélas ! ils entendirent aussi la réponse.

« Si les Peaux-Rouges ont gagné, disait Peter, ils vont battre le tam-tam, en signe de victoire. »

Smee avait trouvé le tam-tam et, en ce moment, était assis dessus.

« Jamais plus vous n'entendrez le tam-tam ! » marmonna-t-il, de façon inaudible, bien sûr, car Crochet leur avait enjoint de se taire.

À sa grande surprise, le capitaine lui fit signe de taper sur le tam-tam. Lentement, le sens de ce diabolique stratagème se fraya un chemin sous le crâne épais de Smee. Jamais sans doute cette âme naïve n'avait autant admiré son chef.

Par deux fois, Smee battit du tambour, puis écouta joyeusement.

« Le tam-tam ! s'écriait Peter. Une victoire indienne ! »

Les malheureux enfants lui répondirent par des acclamations qui résonnèrent comme une musique divine aux oreilles scélérates [1] qui écoutaient là-haut. Presque aussitôt, ils renouvelèrent leurs adieux à Peter, ce qui surprit les pirates, mais leur étonnement fit place à un sentiment mesquin [2] de soulagement : ils n'auraient pas à descendre puisque l'ennemi s'apprêtait à monter. Ils échangèrent des sourires tout en se frottant les mains d'avance. Rapidement et sans faire de bruit, Crochet donna des ordres : un homme posté à chaque arbre, les autres rangés en file à deux mètres de distance.

---

1. ***Scélérates*** : criminelles.
2. ***Mesquin*** : bas, petit, ici, peu courageux.

# XIII

## Croyez-vous aux fées ?

Plus tôt on en aura fini avec ces horreurs, mieux ça vaudra. Le premier à émerger de son arbre fut Le Frisé. Il fut happé par Cecco qui le passa à Smee, qui le passa à Starkey, qui le passa au Truand qui le passa à Plat-de-Nouilles et, catapulté de l'un à l'autre, il atterrit aux pieds du terrible capitaine. Tous les garçons furent cueillis sans pitié à la sortie ; plusieurs se trouvèrent en l'air en même temps, comme des ballots de marchandises jetés de main en main.

Wendy qui sortit la dernière eut droit à un traitement de faveur. Avec une feinte galanterie, Crochet la salua d'un coup de chapeau puis, lui offrant le bras, l'escorta jusqu'à l'endroit où l'on bâillonnait ses compagnons. Il le fit d'un air si distingué que Wendy, fascinée, en oublia de pleurer. Après tout, ce n'était qu'une petite fille.

Qu'on nous pardonne de révéler qu'elle subit un instant le charme de Crochet : si nous dénonçons cette faiblesse, c'est qu'elle devait avoir d'étranges conséquences. Wendy aurait-elle refusé avec hauteur le bras de Crochet (ce que nous aurions été heureux d'écrire), on l'aurait lancée en l'air comme les autres, Crochet n'aurait pas été présent au moment où on ligotait les enfants, il n'aurait pas découvert le secret de La Plume, et sans ce secret, il n'aurait pas pu attenter traîtreusement à la vie de Peter.

Afin d'empêcher les garçons de s'envoler, on les avait pliés en deux, les genoux recroquevillés jusqu'aux oreilles, et l'on s'apprêtait à les lier chacun en botte ; pour ce faire, le capitaine avait coupé une corde de neuf bouts d'égale longueur. Tout alla bien jusqu'au tour de La Plume qui se révéla aussi exaspérant que ces colis qui accaparent toute la ficelle et ne laissent plus rien pour faire le nœud. De rage, les pirates le bourraient de coups de pied, tout comme on s'acharne sur un paquet alors qu'il serait plus juste de s'en prendre à la ficelle. Paradoxalement, ce fut Crochet qui leur intima de réfréner leur brutalité. Un air de malicieux triomphe lui retroussait la lèvre. Pendant que ses comparses suaient sang et eau à tasser d'un côté le malheureux La Plume qui aussitôt débordait de l'autre, le sagace Crochet fouillait d'un œil inquisiteur[1] l'intérieur de ce colis réfractaire[2], à la recherche de causes et non d'effets, et sa jubilation montra qu'il les avait trouvées. La Plume comprit que Crochet avait découvert son secret, à savoir qu'un garçon, aussi gonflé soit-il, n'a nul besoin d'un arbre là où un homme moyen se contente d'un bâton. Piteux[3] La Plume ! comme il regrettait à présent son goût invétéré pour la boisson ! À force de boire des quantités d'eau quand il avait chaud, il était devenu si bouffi qu'il avait dû en cachette élargir le tronc de son arbre pour s'y faufiler.

Maintenant, le capitaine des pirates en savait assez pour être sûr de tenir Peter à sa merci. Pas un mot du noir projet qui germait dans les sombres cavernes de son esprit ne franchit ses lèvres ; il fit simplement signe d'emporter les captifs au bateau. Quant à lui, il désirait rester seul.

Mais comment les transporter ? On aurait pu les faire rouler comme des barriques jusqu'à la plage si la majeure partie de la route n'avait été formée de marécages. Une fois de plus, le génie de Crochet surmonta l'obstacle. Montrant la petite hutte de Wendy, il déclara qu'elle servirait de moyen de transport. Les enfants furent entassés à l'intérieur, quatre robustes gaillards la hissèrent sur leurs épaules, les autres se mirent en rang derrière, et l'étrange procession s'ébranla tout en chantant l'hymne odieux des pirates. Si les enfants pleuraient, leurs pleurs devaient être noyés sous ces

1. ***Inquisiteur*** : interrogateur.
2. ***Réfractaire*** : rebelle.
3. ***Piteux*** : honteux.

hurlements. Toutefois, avant de disparaître, la petite hutte lâcha un mince jet de fumée, comme pour narguer Crochet.

Ce dernier prit très mal ce défi. Cela tarit jusqu'à la dernière goutte de pitié qui restait encore dans son cœur de flibustier maudit.

Demeuré seul, il s'approcha sur la pointe des pieds de l'arbre de La Plume, et s'assura qu'il pourrait descendre par le tronc. Longtemps il se tint là, à ruminer ses pensées, son feutre gisant sur le gazon comme un oiseau de mauvais augure[1], de sorte qu'une brise légère jouait dans ses cheveux. Si sombre que fût son dessein, ses yeux bleus gardaient la douceur de la pervenche. Il épiait de toutes ses oreilles les entrailles de la terre, mais tout était silencieux en haut comme en bas ; la maison souterraine semblait parfaitement vide. Peter dormait-il, ou attendait-il au pied de l'arbre de La Plume, son poignard à la main ?

Le seul moyen de le savoir était de descendre. Crochet fit glisser doucement son manteau jusqu'à terre puis, se mordant les lèvres jusqu'au sang, il pénétra à l'intérieur de l'arbre. C'était incontestablement un homme courageux. Pourtant, il dut s'arrêter un moment pour éponger son front qui ruisselait comme une chandelle. Alors, silencieusement, il s'élança vers l'inconnu.

Il arriva sain et sauf à l'extrémité du tronc et s'immobilisa à nouveau, afin de reprendre haleine. À mesure que ses yeux s'accoutumaient à la faible clarté des lieux, ils distinguaient peu à peu la forme des objets. Mais le seul sur lequel son regard avide s'arrêta après l'avoir longtemps cherché et trouvé enfin, ce fut le grand lit. Et sur le lit, Peter profondément assoupi, […] dormant d'un sommeil sans rêve. Un de ses bras pendait hors du lit, une de ses jambes était repliée vers le haut, et le reste de son rire flottait encore sur sa bouche entrouverte qui découvrait les petites perles blanches.

---

1. ***De mauvais augure*** : de mauvais présage (voir note 1, p. 99).

Ce fut dans cette attitude sans défense que Crochet le trouva. Il se tenait silencieux au creux de l'arbre, contemplant son mortel ennemi à l'autre bout de la chambre. Nulle pitié n'allait donc attendrir ce cœur endurci ? L'homme n'était pas entièrement mauvais ; il aimait les fleurs (on me l'a assuré) et la musique légère (il ne se défendait pas mal au clavecin) ; et, pour être sincère, le caractère idyllique [1] de la scène le remua profondément. S'il avait écouté la voix de son meilleur moi, il serait remonté.

Mais une chose l'arrêtait : l'air impertinent que Peter gardait jusque dans son sommeil. Cette bouche entrouverte, ce bras pendant nonchalamment [2], cette jambe repliée vous narguaient avec un aplomb si offensant que le cœur de Crochet se durcit comme le roc. Si dans sa rage le capitaine avait explosé en mille morceaux, chacun de ces morceaux, indifférent à la catastrophe, se serait jeté sur le dormeur.

La lampe qui éclairait faiblement le lit laissait le capitaine lui-même dans l'obscurité. Au premier pas qu'il fit en avant, son pied rencontra un obstacle : la porte de l'arbre. Vers le haut, elle ne comblait pas entièrement l'ouverture du tronc, et jusque-là, Crochet avait regardé par-dessus. Il chercha le loquet, et découvrit avec irritation que celui-ci était placé très bas, hors de son atteinte. Dans le désordre de ses pensées, il crut percevoir sur le visage et dans l'attitude de Peter une sorte de satisfaction narquoise [3] qui porta sa fureur à son comble. Il secoua la porte, essaya de la défoncer. Son ennemi allait-il en fin de compte lui échapper ?

Mais qu'était cela ? Ses yeux venaient de tomber sur le médicament de Peter [4], posé sur une tablette parfaitement à sa portée.

1. ***Idyllique*** : à la fois merveilleux, idéal et un peu naïf ; ce mot provient d'un recueil de poèmes, les *Idylles*, par l'auteur grec Théocrite (v.- 315-v.- 250).
2. ***Nonchalamment*** : mollement.
3. ***Narquoise*** : ironique, railleuse.
4. Le médicament de Peter est un verre d'eau que Wendy lui recommandait de prendre. Grâce à ce liquide, Crochet imagine qu'il va pouvoir empoisonner Peter.

Il devina immédiatement ce que c'était et sut que le dormeur était en son pouvoir.

De peur d'être pris vivant, Crochet portait toujours sur lui une horrible mixture fabriquée par ses soins à partir de toutes les bagues à poison qui lui étaient tombées entre les mains. Cette décoction[1] jaunâtre, inconnue de la science, était sans doute le plus virulent des toxiques.

Crochet versa cinq gouttes de ce liquide dans la tasse. Ce faisant, sa main tremblait, de joie plus que de honte, et s'il évitait de regarder le dormeur, c'était de peur d'en répandre à côté. Longuement il contempla sa victime avec une joie mauvaise, puis fit demi-tour et remonta à l'air libre au prix de mille contorsions. Lorsqu'il réapparut à l'autre extrémité du tronc, on eût dit le mal en personne surgissant de sa tanière. Rabattant son chapeau sur ses yeux, il s'enveloppa dans son manteau comme pour dérober aux ténèbres de la nuit le plus noir de ses éléments, et il se fraya un chemin à travers la forêt tout en se marmottant d'étranges choses à lui-même.

Peter continuait à dormir. La lumière de la lampe vacilla puis s'éteignit, laissant la pièce dans le noir ; mais Peter dormait toujours. Le crocodile devait sonner dix heures quand enfin il s'assit subitement dans son lit, réveillé par il ne savait quoi. Quelqu'un frappait très doucement à la porte de son arbre.

Ces petits coups prudents avaient une résonance sinistre dans le silence des lieux. Peter porta la main à son poignard, puis il parla.

« Qui est là ? »

Pas de réponse.

Cela le fit palpiter d'émotion, ce qu'il adorait, au reste. En deux enjambées il atteignit la porte. À la différence de celle de La Plume, la sienne fermait entièrement l'orifice du tronc, si bien qu'il ne pouvait ni voir qui frappait ni en être vu.

1. ***Décoction*** : infusion, breuvage à partir de suc de plantes trempées dans de l'eau.

« Je n'ouvrirai pas tant que vous n'aurez pas dit qui vous êtes », lança-t-il.

Enfin, le visiteur se décida à parler, d'une voix qui tintinnabulait joliment.

« Laisse-moi entrer, Peter. »

C'était Clochette. Rapidement, Peter lui ouvrit. Elle se précipita dans la chambre, rouge de surexcitation et sa robe couverte de boue.

« Qu'y a-t-il ?

– Devine ! Tu n'as droit qu'à trois questions !

– Assez plaisanté ! », s'impatienta Peter.

Alors, en une seule phrase grammaticalement incorrecte mais aussi longue qu'un ruban de prestidigitateur [1], elle lui raconta la capture de Wendy et des garçons.

Le cœur de Peter bondit dans sa poitrine. Wendy prisonnière sur un bateau de pirates, elle qui aimait l'ordre et la propreté !

« Je la délivrerai ! », s'écria-t-il.

Tout en bondissant sur ses armes, il aperçut son médicament : voilà qui ferait plaisir à Wendy, s'il le buvait. Et il tendit la main vers le breuvage fatal.

« Non ! », cria Clo de sa voix perçante.

Elle avait entendu Crochet se parler tout haut dans la forêt et se vanter d'avoir empoisonné Peter.

« Pourquoi non ? demanda Peter.

– C'est un breuvage empoisonné !

– Empoisonné ? Par qui ?

– Crochet.

– Ne sois pas sotte. Comment Crochet serait-il venu ici ? »

Hélas ! Clochette ne pouvait l'expliquer puisqu'elle ignorait le secret de l'arbre de La Plume. Mais les paroles du capitaine ne laissaient place à aucun doute. Il y avait du poison dans la tasse de Peter.

1. ***Prestidigitateur*** : magicien.

« Si Crochet était venu, je l'aurais vu, protesta le garçon. Je ne dors jamais. »

Il porta la tasse à ses lèvres. Pas le moment de discuter mais d'agir : vive comme l'éclair, Clo se plaça entre la bouche et la tasse et but le breuvage jusqu'à la lie[1].

« Tu oses boire mon médicament ! », s'indigna Peter.

Mais au lieu de répondre, la fée battait de l'aile, vacillante.

« Clo ! qu'y a-t-il ?

– C'était empoisonné, Peter, dit-elle doucement. Et je m'en vais mourir.

– Oh ! Clochette, tu as bu pour me sauver la vie !

– Oui.

– Mais pourquoi, Clo ? »

Ses ailes la portaient à peine, pourtant elle vint se poser sur son épaule, lui mordilla tendrement le menton et murmura à son oreille :

« Espèce d'imbécile. »

Et elle se traîna jusqu'à son lit où elle s'affaissa.

Peter s'agenouilla tristement près de la petite chambre de Clo. La lumière de la petite fée pâlissait de minute en minute ; si elle venait à s'éteindre, ce serait pour toujours, et Peter le savait. Ses larmes causèrent un tel plaisir à Clochette qu'elle lui posa un doigt sur la joue pour les sentir rouler.

Elle parlait d'une voix si faible qu'il ne saisit pas tout de suite ce qu'elle disait. Puis il comprit. Clo pensait qu'elle pourrait être sauvée si des enfants proclamaient bien haut qu'ils croient aux fées.

Peter tendit aussitôt les bras. Il n'y avait pas d'enfants ici, et c'était la nuit, mais Peter s'adressait à tous ceux qui rêvent au pays de l'Imaginaire et qui, par conséquent, se trouvaient plus proches de lui que vous ne le pensez : garçons et filles en chemise de nuit, bébés peaux-rouges suspendus aux arbres dans leur berceau.

---

1. ***Lie*** : dépôt qui se forme dans un liquide et qui retombe au fond ; boire jusqu'à la lie signifie donc boire jusqu'au bout.

« Croyez-vous aux fées ? », cria Peter.

Clochette s'assit vivement sur sa couche, anxieuse de connaître son sort. Elle crut d'abord entendre des réponses affirmatives, mais elle n'en était pas certaine.

« Qu'en penses-tu ? demanda-t-elle à Peter.

– Si vous croyez aux fées, cria Peter aux enfants, frappez bien fort dans vos mains, ne laissez pas mourir Clochette ! »

Beaucoup applaudirent.

Certains s'abstinrent.

Et quelques garnements sifflèrent.

Puis les applaudissements cessèrent brusquement, comme si toutes les mamans du monde s'étaient précipitées en même temps dans les chambres des enfants pour voir ce qui s'y passait. Mais Clo était sauvée. D'abord sa voix tinta de nouveau. Puis elle bondit de son lit. Enfin elle se remit à voltiger dans la pièce, d'un vol plus joyeux et hardi que jamais. Elle oublia de remercier ceux qui avaient applaudi, mais elle aurait bien aimé tenir les voyous qui avaient osé siffler !

« Et maintenant, allons délivrer Wendy ! »

La lune voguait dans un ciel lourd de nuages, quand Peter émergea de son arbre, couvert d'armes mais peu vêtu quant au reste. Ce genre de nuit ne convenait pas tellement à sa périlleuse entreprise, car il projetait de survoler le terrain de très près, afin de ne perdre aucun indice. Mais, avec cette lumière intermittente, voler bas l'eût obligé à traîner son ombre parmi les arbres, ce qui risquait de déranger les oiseaux et d'avertir l'ennemi de sa présence. [...]

Il n'y avait donc d'autre solution que de se frayer un chemin à la manière peau-rouge, dont heureusement il était un adepte fervent[1]. Mais voilà, dans quelle direction chercher ? Rien ne l'assurait que les enfants avaient été emmenés à bord du navire. La neige était tombée et avait recouvert d'une légère couche toute

1. ***Adepte fervent*** : fidèle partisan.

trace de pas. Un silence de mort pesait sur l'Île comme si la nature était encore sous le coup du récent carnage.

Peter avait initié les enfants à certaines coutumes de la forêt qu'il avait lui-même apprises de Lis Tigré et de Clo. Il espérait qu'en ces heures d'épreuve, les enfants s'en étaient souvenus. La Plume n'avait pas dû manquer l'occasion de faire une entaille aux arbres, par exemple, Le Frisé avait sans doute semé des graines, ou Wendy avait abandonné son mouchoir à un endroit bien en vue. Mais pour repérer de tels indices, il aurait fallu attendre jusqu'au matin ; or, le temps pressait. Les puissances d'en haut avaient choisi Peter pour cette mission, mais elles n'avaient pas l'intention de l'aider.

À part le crocodile qui, à un moment, le dépassa, aucun être vivant ne manifestait sa présence. Pourtant la mort, il le savait, pouvait l'attendre à l'arbre suivant, ou surgir par-derrière pour le surprendre.

Il lança son terrible défi :

« À nous deux, capitaine Crochet ! »

Tantôt il rampait dans les herbes comme un serpent, tantôt il bondissait à travers les clairières baignées de lune, un doigt sur la bouche et son poignard prêt à frapper. Il était suprêmement heureux.

# XIV

## Sur le bateau pirate

Une lueur verte lorgnant sur la rade[1] du Kidd, à l'embouchure de la Rivière des Pirates, signalait l'endroit où louvoyait[2] cet infâme repaire du crime, le *Jolly-Roger*, crasseux jusqu'à la

1. ***Rade*** : vaste bassin naturel.
2. ***Louvoyait*** : naviguait en zigzag.

coque et aussi répugnant qu'un sol souillé de plumes ensanglantées. Cette terreur des mers se passait de vigie [1] tant l'horreur de sa renommée la protégeait de toute attaque. [...]

Crochet arpentait pensivement le pont. Ô homme insondable ! C'était son heure de triomphe. Il avait à jamais écarté Peter de son chemin, et les autres garçons captifs sur le brick [2] marcheraient bientôt sur la planche. C'était le pire de ses exploits depuis le jour fameux où il avait mis Barbecue à sa botte. Quand on sait combien l'homme n'est qu'une outre de vanité [3], on ne sera pas surpris de voir Crochet parcourir le pont d'un pas vertigineux, la tête enflée par les vents de la gloire.

Pourtant, nulle allégresse ne transparaissait dans sa démarche, qui se réglait sur le mécanisme de son esprit ténébreux. Crochet se sentait profondément abattu.

Ce sentiment qui s'emparait de lui lorsqu'il se recueillait en lui-même dans la quiétude de la nuit provenait de son douloureux isolement. Jamais cet homme énigmatique ne se sentait plus seul qu'entouré de ses valets rampants. Non, ils n'appartenaient pas au même monde. Crochet n'était pas son vrai nom. Même encore de nos jours, révéler sa véritable identité mettrait le pays à feu et à sang. Mais ceux qui savent lire entre les lignes l'ont déjà deviné, il avait fréquenté l'une des meilleures écoles ; il en avait gardé les usages qui restaient collés à lui comme des vêtements (avec lesquels ils ont en effet plus d'un rapport). Aussi lui était-il déplaisant, même à cette période avancée de sa carrière, de prendre un bateau à l'abordage sans avoir fait de toilette au préalable. Il affectait cette démarche traînante, privilège de l'éducation qu'il avait reçue [4]. Mais par-dessus tout, il avait conservé le culte du bon ton.

---

**1.** ***Vigie*** : marin chargé de monter la garde tout en haut du mât du bateau (la hune).

**2.** ***Brick*** : navire à voiles carrées à deux mâts.

**3.** ***L'homme n'est qu'une outre de vanité*** : l'homme est plein de vanité.

**4.** La « démarche traînante » est l'un des « tics » des anciens élèves du très huppé Eton College, près de Londres, où Barrie avait fait ses études.

Le bon ton ! Au pire de sa déchéance, il n'oubliait pas que c'était la seule chose qui importât vraiment. [...]

Brusquement lui vint le pressentiment de sa ruine prochaine, comme si le défi terrible de Peter avait déjà atteint sa cible. Une mélancolique envie de prononcer ses dernières paroles s'empara de lui, de crainte que plus tard, on ne lui en laisserait pas le temps.

« Misérable Crochet ! s'écria-t-il. Son ambition l'aura perdu ! » (À ses heures les plus sombres, il se citait à la troisième personne.) « Aucun enfant ne m'aime... »

[Pris d'une soudaine faiblesse, Crochet s'affaisse.]

Les hommes d'équipage le croyant hors circuit pour un moment, la discipline se relâcha aussitôt. Ils se livrèrent à une bacchanale [1] effrénée, qui le remit immédiatement debout. Toutes traces de faiblesse humaine étaient effacées de sa personne, comme s'il avait reçu un seau d'eau.

« La paix, cancres ! Ou je vous étrille ! »

Le chahut cessa aussitôt.

« Les enfants sont-ils bien enchaînés ? Ils ne risquent pas de s'envoler ?

– Non, monsieur.

– Alors amenez-les. »

On tira les garçons de la cale pour les aligner devant le capitaine, mais celui-ci ne semblait pas s'apercevoir de leur présence. Il flânait nonchalamment, tout en fredonnant non sans talent quelques mesures d'un refrain polisson, tandis que ses doigts jouaient avec un paquet de cartes. De temps à autre, son cigare jetait une lueur rougeâtre sur sa figure.

« Maintenant, mes mignons, dit-il avec vivacité, six d'entre vous vont passer sur la planche, mais j'ai besoin de deux garçons de cabine. Qui se porte volontaire ? »

1. ***Bacchanale*** : orgie, fête débridée, par allusion aux grandes fêtes romaines antiques données en l'honneur de Bacchus, dieu du Vin.

« Ne l'irritez pas inutilement », leur avait recommandé Wendy dans la cale.

[John et Michael acceptent d'être les garçons de cabine, à condition qu'ils restent les sujets de Sa Majesté...]

« Il vous faudra crier : "À bas le Roi !" », dit Crochet entre ses dents.

Jusque-là, John ne s'était peut-être pas très bien conduit, mais son courage brilla soudain de tout son éclat.

« En ce cas, je refuse ! s'écria-t-il en tapant sur le contenu qui se trouvait devant Crochet.

– Moi aussi ! cria Michael.

– Vive l'Angleterre ! », glapit Le Frisé.

Furieux, les pirates les frappèrent sur la bouche, tandis que Crochet rugissait :

« Vous venez de signer votre arrêt de mort ! Qu'on fasse monter leur mère, et qu'on prépare la planche ! »

Les garçons pâlirent en voyant Bill le Truand et Cecco apprêter l'instrument de leur supplice, mais ils firent brave contenance quand Wendy parut.

Les mots ne manquent pas pour décrire le mépris qu'éprouvait Wendy à l'égard des pirates. Aux yeux des garçons, le titre de pirate pouvait garder quelque prestige, mais tout ce qu'elle voyait, elle, c'est que le bateau n'avait pas été nettoyé depuis des siècles. Pas un seul hublot sur lequel on ne pût écrire « Cochons ! » avec son doigt ! Et Wendy ne s'était pas gênée pour le faire. Mais au moment où les garçons l'entouraient, elle n'avait de pensée que pour eux.

« Alors, ma belle, dit Crochet d'une voix sirupeuse[1], on va voir ses enfants se promener sur la planche. »

Bien que raffiné dans son maintien, ses recueillements l'avaient fait transpirer si abondamment que sa fraise de dentelle en était

1. ***Sirupeuse*** : mielleuse.

toute maculée[1]. Il vit que Wendy fixait son regard dessus, et il tenta vivement de la faire disparaître mais trop tard.

« Sont-ils condamnés à mourir ? demanda Wendy sur un tel ton de mépris qu'il faillit s'en trouver mal.

– Ils le sont ! répliqua-t-il avec hargne. Silence, vous tous ! Écoutez les dernières paroles qu'une mère adresse à ses enfants. »

Wendy fut héroïque.

« Voici mes dernières paroles, mes chers enfants, dit-elle d'une voix ferme. Je vous dirai ce que vous auraient dit vos vraies mamans : "Nous espérons que nos fils sauront mourir en bons et dignes Anglais." »

Les pirates eux-mêmes écoutaient avec respect, et La Guigne s'écria nerveusement :

« Je ferai ce que souhaite ma mère. Et toi, Zigue, que vas-tu faire ?

– Ce que souhaite ma mère. Et vous, les Jumeaux ?

– Ce que souhaite notre mère. Et toi, John, que vas-tu faire ? »

Mais Crochet avait retrouvé sa voix et ordonna à Smee d'attacher Wendy au mât. Smee obéit.

« Écoute, ma douce, souffla-t-il à la fillette, je te sauverai si tu me promets d'être ma mère.

– J'aimerais mieux ne pas avoir d'enfants du tout ! », répliqua-t-elle avec dédain.

À mon regret, je dois dire qu'à ce moment-là, pas un garçon ne regardait de son côté. Tous les yeux étaient fixés sur la planche qui les attendait pour une brève et ultime promenade. Ils ne pensaient plus à leur vaillante promesse. Ils ne pensaient plus à rien. Ils regardaient, transis de peur.

Crochet leur sourit, les dents serrées, et se dirigea vers Wendy dans l'intention de l'obliger à regarder les garçons s'avancer un par un sur la planche fatale. Mais il n'alla pas jusqu'à elle ; il n'entendit pas le cri d'angoisse qu'il avait espéré lui arracher. Un autre son vint frapper son oreille.

1. ***Maculée*** : tachée (du latin *macula*, « tache »).

« Tic tac tic tac tic... »

Pirates, garçons, Wendy – tous l'entendirent et toutes les têtes se tournèrent dans la même direction, c'est-à-dire non vers la mer d'où provenait le bruit, mais vers Crochet. Chacun savait que ce qui allait arriver ne concernait plus que lui ; d'acteurs, ils redevenaient spectateurs.

Le capitaine était affreusement changé, disloqué, comme si on lui avait déboîté toutes les articulations. Il s'affaissa en un petit pas.

Le tic-tac se rapprochait régulièrement, précédé de ce pronostic effrayant : « le crocodile se prépare à monter à bord ».

Même la griffe de fer pendait, inerte, comme consciente que l'ennemi ne lui en voulait pas à elle. Ainsi abandonné de tous, un autre homme que Crochet se fût laissé aller au désespoir, gisant les yeux fermés à l'endroit même de sa chute. Mais le cerveau surhumain de Crochet luttait encore et, sur ses directives, le capitaine se traîna à genoux le long du pont, fuyant le plus loin possible de ce tic-tac. Les pirates lui ouvrirent respectueusement le passage. Quand il eut atteint le bastingage [1], il s'écria d'une voix rauque :

« Cachez-moi ! »

On l'entoura aussitôt ; tous les yeux se détournèrent de la créature qui montait à bord. Nul n'avait l'intention de lutter contre elle. C'était le Destin.

Lorsque Crochet eut entièrement disparu, la curiosité délia les membres des garçons qui se ruèrent de l'autre côté du bateau pour voir le crocodile grimper à bord. Alors ils eurent la plus étrange surprise que leur réservait cette Nuit des Nuits. Ce n'était pas le crocodile qui venait à leur secours, mais... Peter.

Il leur fit signe de se retenir de crier d'admiration, pour ne pas éveiller les soupçons de l'ennemi. Et il continua à tictaquer [2].

---

**1.** ***Bastingage*** : rebord du bateau.

**2.** ***Tictaquer*** : ce verbe est à la fois un néologisme (mot inventé par l'auteur) et une onomatopée, c'est-à-dire un nom formé directement sur le bruit qu'il désigne.

# XV
# « À nous deux, Crochet ! »

[…] Quand nous avons vu Peter pour la dernière fois, il traversait furtivement l'Île, un doigt sur les lèvres, et le poignard prêt à frapper. Lorsque le crocodile le dépassa, il ne remarqua rien de particulier ; ce n'est qu'un peu plus tard qu'il se souvint de ne pas avoir entendu son tic-tac familier. Il trouva ce fait inquiétant, puis conclut avec raison que le réveil avait dû s'arrêter.

Sans se demander un instant ce que peut éprouver une créature brutalement privée de son plus intime compagnon, Peter réfléchit à la façon dont il pourrait utiliser la catastrophe à son propre avantage ; et il décida de faire tic-tac afin que les bêtes sauvages, le prenant pour le crocodile, le laissent passer sans encombre. Il tictaquait à merveille, mais le résultat fut inattendu. Le crocodile étant de ceux qui l'entendirent se mit à le suivre, soit dans le but de récupérer ce qu'il avait perdu, soit simplement comme un ami qui croit de nouveau faire tic-tac (on ne le saura jamais), car, comme tous les gens esclaves d'une idée fixe, c'était une créature stupide.

Peter atteignit le rivage sain et sauf, et poursuivit sa route ; ses jambes entrèrent dans l'eau comme si elles ignoraient qu'elles pénétraient dans un élément différent. Ainsi font un grand nombre d'animaux qui passent de la terre au milieu aquatique, mais pas un humain de ma connaissance.

Tout en nageant, Peter n'avait qu'une seule pensée : « Cette fois, ce sera Crochet ou moi ! » Il s'était tellement habitué à son tic-tac qu'il le faisait machinalement maintenant, sans même s'en rendre compte. S'en serait-il aperçu qu'il aurait cessé aussitôt, car il ne lui vint pas à l'esprit d'aborder le navire en se servant de ce tic-tac – encore que ce procédé soit ingénieux.

Au contraire, il fut persuadé qu'il avait escaladé le flanc du brick sans faire plus de bruit qu'une souris. Aussi fut-il tout surpris de voir les pirates trembler devant lui, et Crochet au milieu d'eux, aussi pitoyable que s'il entendait le crocodile.

Le crocodile ! Peter n'eût pas plus tôt pensé à lui qu'il entendit son tic-tac, et il jeta un bref coup d'œil derrière lui. Puis il réalisa qu'il était lui-même l'auteur de ce bruit et saisit en un éclair toute la situation. « Comme je suis intelligent ! », se dit-il tout en faisant signe aux garçons de garder leurs applaudissements pour plus tard.

À ce moment, Ed Teynte le quartier-maître [1] surgit du gaillard d'avant [2] et s'avança sur le pont. À présent, lecteur, regarde ta montre et chronomètre l'action. Peter frappe juste et fort. De ses mains, John bâillonne l'infortuné pirate et étouffe son cri d'agonie. Celui-ci s'effondre en avant. Quatre garçons se précipitent et amortissent le bruit de sa chute. Peter donne le signal et le cadavre est jeté par-dessus bord. Un plouf ! puis le silence. Combien cela a duré ?

« Et d'un ! », dit La Plume. (Le compte a commencé.)

Peter disparut sur la pointe des pieds dans la cabine. Il était temps car plus d'un pirate prenait son courage à deux mains pour regarder autour de soi. Chacun percevait maintenant le souffle haletant de l'autre, ce qui prouvait que le terrible son avait cessé.

« Il est parti, capitaine, dit Smee en essuyant ses lunettes. Tout est calme. »

Lentement, Crochet sortit la tête de dessous sa fraise, et tendit si fort l'oreille qu'il aurait pu ouïr l'écho du tic-tac. N'entendant rien, il se remit fermement sur ses pieds.

« À la planche ! », cria-t-il d'un air crâne [3].

---

1. ***Quartier-maître*** : grade qui est immédiatement au-dessus de celui de matelot.
2. ***Gaillard d'avant*** : à l'avant du bateau, partie surélevée où se trouvent les cabines.
3. ***Un air crâne*** : un air de défi.

Car à présent que les garçons l'avaient vu mollir, il les haïssait plus que jamais. Et il entonna l'infâme couplet que voici :

Yo ho, yo ho, la jolie planche !
Promenons-nous à petits pas
Jusqu'à ce qu'elle penche et nous envoie
Boire à la grande tasse !

Pour terroriser davantage ses prisonniers, et bien que sa dignité en pâtit, il se mit à danser sur une planche imaginaire tout en chantant et grimaçant. Quand il eut fini, il lança :

« Voulez-vous une caresse du chat à neuf queues[1], avant de marcher sur la planche ? »

Tous tombèrent à genoux.

« Non ! non ! supplièrent-ils d'une voix lamentable qui amena un sourire sur la face cruelle des pirates.

– Qu'on aille chercher le fouet ! dit Crochet. Il est dans la cabine. »

La cabine ! Peter aussi était dans la cabine. Les enfants échangèrent un regard.

« On y va ! », répondit gaiement le Truand à son capitaine.

Les garçons le suivirent des yeux tandis qu'il pénétrait dans la cabine ; ils s'aperçurent à peine que Crochet avait repris sa chanson, accompagné de ses chiens serviles :

Yo ho, yo ho, le chat griffu !
N'oubliez pas qu'il a neuf queues,
Et quand elles écrivent sur votre dos…

La suite on ne la saura jamais, car un hurlement horrible jailli de la cabine interrompit les chanteurs. La plainte se répandit sur le pont avant de se perdre au loin. Un chant de victoire lui

1. ***Chat à neuf queues*** : un des surnoms du Diable.

succéda, que les garçons connaissaient fort bien, et qui effraya les pirates plus encore que le hurlement.

« Qu'était-ce ? », demanda Crochet.

« Et de deux ! », dit La Plume d'un ton solennel.

Après une minute d'hésitation, l'Italien Cecco s'élança dans la cabine. Il en ressortit chancelant et hagard.

« Eh bien, chien ! qu'est-il arrivé au Truand ? siffla Crochet en se campant devant lui.

– Il lui est arrivé qu'il est mort, poignardé ! dit Cecco d'une voix blanche.

– Bill le Truand, mort ! s'écrièrent les pirates, médusés.

– Il fait noir comme chez le loup dans cette cabine, dit Cecco, bégayant presque. Et il y a là-dedans une chose terrible qui chante comme un coq. »

L'air de jubilation des garçons, les regards de détresse des pirates, rien de tout cela n'échappa à Crochet.

« Cecco, dit-il de son ton le plus ferme, retourne à la cabine, et ramène-moi ce chanteur de cocoricos ! »

Cecco, le brave des braves, refusa en tremblant ; mais Crochet caressait sa griffe d'un air sinistre.

« Tu as bien dit que tu irais, Cecco ? », dit-il rêveusement.

Cecco partit en levant les bras de désespoir. Cette fois, plus de chant, tous écoutaient. De nouveau s'éleva un cri d'agonie, puis un autre de victoire. Personne ne souffla mot, sauf La Plume.

« Et de trois ! », dit-il.

D'un geste, Crochet rassembla ses troupes.

« Stupides harengs saurs ! tonna-t-il. Lequel d'entre vous va me ramener ce pousseur de cocoricos ?

– Attendez que Cecco soit revenu, ronchonna Starkey, et les autres se rangèrent à son avis.

– Il m'a semblé que tu te portais volontaire, Starkey, dit Crochet sans cesser de caresser sa griffe.

– Par tous les diables, non ! s'écria Starkey.

– Ma griffe pense le contraire, dit Crochet en s'avançant vers lui. Je me demande, Starkey, s'il ne serait pas plus sage de ta part de ménager son humeur.

– Plutôt me faire pendre que d'entrer là-dedans ! s'obstina Starkey, soutenu une fois de plus par l'équipage.

– Une mutinerie[1] ? demanda Crochet plus aimable que jamais. Et Starkey mène le bal !

– Pitié, capitaine, gémit Starkey tremblant des pieds à la tête.

– Serrons-nous la main, Starkey », répondit Crochet en tendant sa griffe.

Du regard, Starkey chercha du renfort parmi ses camarades, mais tous l'abandonnaient. Il recula. Crochet marchait devant lui, la fameuse lueur rouge allumée dans ses prunelles. Avec un cri de désespoir, le pirate enjamba le canon et se précipita dans la mer.

« Et de quatre ! », dit La Plume.

« À présent, demanda poliment Crochet, un autre gentleman désire-t-il se mutiner ? »

Il saisit une lanterne et brandissant son crochet d'un air menaçant :

« J'irai moi-même chercher cet animal ! », dit-il.

Et il entra résolument dans la cabine.

« Et de cinq ! » Oh ! comme La Plume trépignait d'impatience. Il s'humecta les lèvres pour être prêt à le dire, mais Crochet ressortit de la cabine en titubant, et sans sa lanterne.

« Quelque chose a soufflé la flamme, dit-il d'une voix mal assurée.

– Quelque chose ! répéta Mullins.

– Et Cecco ? demanda Plat-de-Nouilles.

– Aussi mort que le Truand », répondit brièvement Crochet.

Son peu d'empressement à retourner dans la cabine impressionna défavorablement l'équipage, et de nouveaux appels à la mutinerie s'élevèrent. Tous les pirates sont superstitieux. Et Cookson observa :

1. ***Mutinerie*** : rébellion, révolte.

« On dit que le signe le plus sûr pour reconnaître un bateau maudit, c'est quand il y a à bord une personne de plus [1] qu'on n'en peut compter.

– J'ai entendu dire, marmonna Mullins, qu'"il" hante toujours les bateaux pirates près de leur fin. Avait-il une queue, capitaine ?

– On dit que quand "il" vient, ajouta un troisième avec un regard de haine pour Crochet, "il" prend l'apparence du plus méchant des hommes qui se trouvent à bord.

– Avait-il un crochet ? », railla insolemment Cookson.

Et l'un après l'autre, tous répétèrent :

« Ce navire est voué à sa perte. »

Sur ce, les enfants ne purent s'empêcher de pousser des hourras. Crochet avait presque oublié ses prisonniers ; alors qu'il se balançait d'un pied sur l'autre en tournant autour d'eux, son regard s'alluma soudain.

« Les gars ! lança-t-il à l'équipage, j'ai une idée. Ouvrez la porte de la cabine, et poussez les gamins là-dedans. Qu'ils se débrouillent avec le chanteur de cocoricos. S'ils le tuent, tant mieux pour nous ; s'il les tue, tant pis pour eux et ce n'est pas mal pour nous. »

Pour la dernière fois, ces chiens rampants admirèrent leur capitaine et exécutèrent fidèlement ses ordres. Les garçons, feignant de se regimber [2], furent poussés à l'intérieur de la cabine dont la porte se referma sur eux.

« Et maintenant, écoutons ! », cria Crochet.

Tous écoutèrent, sans que personne osât regarder la porte. Si, une seule osa, Wendy, qui pendant tout ce temps était restée attachée au mât. Elle ne s'attendait ni à un cri d'agonie ni à un cocorico de triomphe, mais à voir réapparaître Peter.

Elle n'attendit pas longtemps. Peter avait enfin trouvé ce qu'il cherchait : la clef qui libérerait les enfants de leurs chaînes.

---

1. ***Une personne de plus*** : le Diable.
2. ***Se regimber*** : résister.

Quand ils se glissèrent hors de la cabine, armés de toutes les armes qu'ils avaient pu dénicher, Peter leur fit signe de se tenir cachés jusqu'à ce qu'il eût coupé les liens qui retenaient Wendy. Ce fut tôt fait et alors, rien n'eût été plus facile que de s'envoler tous ensemble. Oui, mais voilà : le défi de Peter, « À nous deux, Crochet ! », leur barrait la route. Peter souffla à l'oreille de Wendy d'aller se cacher avec le reste de la bande et lui-même prit sa place au pied du mât, enveloppé dans le manteau de la fillette. Alors, prenant sa respiration, il poussa son cocorico de victoire.

Les pirates crurent pour le coup que tous les garçons gisaient morts dans la cabine. Crochet essaya de ranimer leur courage. Mais il avait fait d'eux des chiens, et ces chiens lui montraient leurs crocs. S'il détournait les yeux, ils lui sauteraient dessus.

« Les gars, reprit-il, prêt à cajoler ou à frapper selon les besoins de la cause mais sans abdiquer le moins du monde, je sais ce que c'est. Il y a un oiseau de malheur à bord.

– Ouais, ricanèrent-ils, hargneux, une espèce d'homme avec une griffe.

– Non, les gars, non, c'est la fille. Les femmes ont toujours porté malheur aux bateaux pirates. Tout ira bien quand elle aura débarrassé le plancher. »

Certains se souvinrent que c'était là un des aphorismes [1] favoris de Flint.

« Cela vaut le coup d'essayer, dirent-ils, à demi convaincus.

– Jetez-la par-dessus bord ! », ordonna Crochet.

Ils se précipitèrent vers ce qu'ils croyaient être Wendy.

« Plus personne ne peut vous sauver, mam'zelle ! railla Mullins.

– Si ! répondit le personnage emmitouflé dans le manteau.

– Qui donc ?

– Peter Pan le Vengeur ! », s'écria le garçon en jetant à terre le manteau.

Alors tous comprirent qui était l'auteur du massacre de la cabine. Par deux fois, Crochet essaya de parler, par deux fois

1. ***Aphorismes*** : formules brèves énonçant une réflexion d'ordre général.

la voix lui manqua. En cette minute terrible, son cœur féroce dut se briser.

« Pourfendez-le [1] ! ordonna-t-il mais sans grande conviction.

– Allons-y, garçons ! À l'attaque ! », lança la voix juvénile de Peter.

L'instant d'après, tout le navire retentissait du cliquetis des armes. Si les pirates s'étaient regroupés, ils auraient pu remporter la victoire. Mais l'assaut leur avait fait perdre la tête, et ils couraient çà et là, frappant au hasard, chacun se croyant le dernier survivant de l'équipage ; à un contre un, ils étaient les plus forts, mais comme ils se bornaient à se défendre, cela permettait aux garçons de chasser par paire et de choisir leur proie. Certains de ces scélérats se jetaient à la mer ; d'autres se cachaient dans des coins sombres où La Plume, qui ne combattait pas, allait les dénicher avec une lanterne qu'il leur braquait en plein visage, de sorte qu'à moitié aveuglés, ils faisaient des victimes toutes prêtes pour les épées fumantes des autres garçons. On n'entendait que le fracas des armes, de temps à autre un cri de douleur ou un plouf !, et La Plume comptant d'un ton monocorde – « cinq », « six », « sept », « huit », « neuf », « dix », « onze ».

Lorsqu'il n'en resta plus un seul à bord, un groupe de garçons pleins d'ardeur entoura Crochet qui sembla ravi de l'aubaine tandis qu'il les tenait à distance dans son cercle de feu. Ils étaient venus à bout de ses hommes, mais à lui seul il était de taille à lutter contre eux tous. Chaque fois qu'ils revenaient à la charge, il les repoussait loin de lui. Il avait soulevé un garçon avec son crochet et s'en servait comme d'un bouclier, lorsqu'un autre, qui venait de passer son épée au travers de Mullins, se jeta dans la mêlée.

« Levez vos épées, les gars ! s'écria le nouveau venu, cet homme m'appartient ! »

Et Crochet se trouva soudain face à face avec Peter. Les autres reculèrent et formèrent un cercle autour d'eux.

---

1. ***Pourfendez-le*** : mettez-le à mal, combattez-le.

Les deux adversaires échangèrent un long regard ; Crochet frissonnait légèrement, et Peter arborait son étrange sourire.

« Ainsi, Pan, dit enfin Crochet, tout ceci est ton œuvre !

– Oui, Jacques Crochet, répondit l'autre durement, c'est mon œuvre.

– Insolente et orgueilleuse jeunesse, apprête-toi à affronter ton destin.

– Homme ténébreux et malfaisant, répondit Peter, défends-toi ! »

Sans échanger d'autres paroles, ils se mirent à l'ouvrage, et pendant un moment, il n'y eut d'avantage ni d'un côté ni de l'autre. Peter était un magnifique escrimeur, et parait les coups avec une rapidité foudroyante ; il feintait, puis allongeait une botte[1] qui surprenait la défense adverse. Malheureusement, la portée insuffisante de ses coups le handicapait puisqu'il ne pouvait toucher l'ennemi. Crochet, aussi brillant sinon aussi preste dans le jeu du poignet, le forçait à reculer sous l'élan de ses assauts, espérant en finir rapidement grâce à une botte secrète que lui avait enseignée Barbecue, autrefois à Rio. Mais à son vif désappointement, la botte fut détournée à chacune de ses tentatives. Il voulut alors frapper le coup de grâce avec son crochet de fer qui déchirait l'air. Peter esquiva, se faufila par-dessous, et allongea un coup décisif qui transperça le capitaine entre les côtes. À la vue de son propre sang, dont – vous vous en souvenez – la couleur peu ordinaire lui était insupportable, l'épée tomba de sa main et il se trouva à la merci de Peter.

« Achève-le ! », crièrent les garçons.

Mais d'un geste sublime, Peter invita son ennemi à ramasser son épée. Crochet ne se le fit pas dire deux fois, avec cependant le sentiment tragique que Peter lui donnait une leçon de savoir-vivre.

---

1. ***Botte*** : en escrime, coup de pointe donné à l'épée ou au fleuret (de l'italien *botta*, « coup »).

Jusque-là, il croyait combattre un démon, mais de plus sombres soupçons l'assaillirent.

« Qui es-tu donc, Pan ? cria-t-il.

– Je suis la jeunesse, je suis la joie, répondit Peter tout à trac, je suis un petit oiseau sorti de l'œuf. »

Cette réponse absurde prouvait néanmoins que Peter n'avait pas la moindre idée de ce qu'il était, ce qui est le degré suprême du bon ton.

« En garde ! », cria Crochet, désespéré.

Il combattait à présent comme une faux faite homme, chaque coup de sa terrible lame eût coupé en deux n'importe quel adversaire, adulte ou enfant. Mais Peter voltigeait autour de lui, comme si le vent des épées fendant l'air le chassait hors de la zone de danger. Et il pointait, piquait, sans trêve.

Crochet se sentit perdu. Ce cœur passionné ne demandait plus à battre. Il ne sollicitait plus qu'une faveur avant de se glacer pour toujours : voir Peter commettre une vilenie [1].

Abandonnant la lutte, il se rua vers la soute aux munitions et y mit le feu.

« Dans deux minutes, s'écria-t-il, le bateau explosera !

– Pour le coup, le naturel va revenir au galop ! », présumait-il.

Mais Peter sortit de la soute tenant la mèche enflammée dans ses mains et la jeta par-dessus bord.

Crochet lui-même, comment se comportait-il en cet instant suprême ? Si corrompu qu'il fût, nous nous réjouissons, sans pour autant sympathiser avec lui, qu'il sût finir en beauté, fidèle aux traditions de sa race. Les garçons volaient autour de lui, moqueurs et méprisants. Tandis qu'il titubait sur le pont, distribuant au hasard des coups impuissants, son esprit n'était plus avec eux ; il était affalé sur les terrains de jeu d'antan, renvoyé définitivement et surveillant la partie comme un joueur sur la

1. ***Vilenie*** : action infâme.

touche, mais quelle touche ! Ses souliers étaient corrects, son gilet était correct, son nœud de cravate, ses bas étaient corrects.

Adieu, ô Jacques Crochet, nous te saluons, bien que tu ne sois pas tout à fait un héros !

Car le voici arrivé à son heure dernière.

Alors que Peter volait lentement vers lui, le poignard levé, il sauta par-dessus le bastingage et plongea dans les flots. Il ignorait que le crocodile l'y attendait ; c'est exprès que nous avons arrêté le réveil, afin de lui épargner cette information douloureuse : n'est-ce pas la moindre des choses que de lui témoigner quelque respect au moment de son trépas ?

Il eut un dernier triomphe que nous lui reconnaîtrons sans lésiner[1]. Comme il enjambait le bastingage, d'un geste il invita Peter à se servir de son pied plutôt que de son poignard.

De sorte qu'au lieu de frapper, Peter shoota.

Crochet avait obtenu la faveur qu'il désirait tant !

« Choquant ! », s'écria-t-il joyeusement, et il se livra d'un cœur content au crocodile.

Ainsi périt Jacques Crochet.

« Dix-sept ! », proclama La Plume.

Mais il se trompait dans ses calculs. Quinze seulement payèrent pour leurs crimes cette nuit-là ; et deux purent regagner le rivage : Starkey qui devait être capturé par les Peaux-Rouges et condamné à leur servir de bonne d'enfants, mélancolique dégringolade pour un pirate ; et Smee, qui désormais erra à travers le monde en lunettes, gagnant une maigre subsistance à prétendre qu'il était le seul homme que Jacques Crochet eût jamais craint.

Pendant ce temps-là, Wendy s'était tenue en dehors du combat, regardant Peter avec des yeux brillants. Maintenant que tout était terminé, elle retrouva son importance. Elle les admirait tous également, et frissonna délicieusement quand Michael lui montra la place où il avait tué un pirate. Puis elle les amena

1. ***Sans lésiner*** : sans regarder, sans chicaner.

dans la cabine de Crochet, et pointant un doigt vers la montre du défunt capitaine, suspendue à un clou :

« Une heure et demie ! » dit-elle.

L'heure tardive lui importait plus que le reste. Rapidement, elle les installa dans les couchettes des pirates, et nous pouvons être sûrs que cela ne traîna pas. Peter eut le droit d'arpenter le pont jusqu'à ce qu'il s'endormît au pied du canon. Un de ses cauchemars vint le visiter, il pleura longtemps dans son sommeil, et Wendy dut le serrer bien fort contre elle.

# XVI
# Le retour

[Sur le bateau de retour...]

Inutile de dire qui était le capitaine. Quant à Bon Zigue et John, ils étaient respectivement premier et deuxième seconds. Il y avait une femme à bord. Le reste n'était que simples mathurins[1] et se tenait sur le gaillard d'avant. Peter ne lâchait plus la barre, mais il rassembla l'équipage pour lui adresser une brève allocution[2]. [...] Quelques ordres secs furent donnés, et ils firent virer de bord le navire en direction du continent.

Après avoir consulté la carte, le capitaine Pan calcula que, si ce temps se maintenait, ils atteindraient les Açores aux environs du 21 juin, après quoi ils auraient tout loisir pour finir le voyage en volant.

Au lieu d'observer le bateau, cependant, nous ferions mieux de retourner au foyer déserté depuis si longtemps par nos trois sans-cœur. [...] Nous les devançons pour nous assurer que les lits sont

1. ***Mathurins*** : matelots (argot).
2. ***Allocution*** : discours (du latin *loquor*, « parler »).

tout prêts et que M. et Mme Darling n'ont pas l'intention de sortir le soir. Mais enfin, pourquoi les lits seraient-ils tout prêts, alors que leurs propriétaires les ont quittés avec une si ingrate précipitation ? Ils seraient bien attrapés si, en rentrant, ils découvraient que leurs parents sont partis à la campagne. Telle est la leçon qu'ils méritent depuis que nous les avons rencontrés. Mais si nous arrangions les choses de cette façon, Mme Darling ne nous le pardonnerait jamais.

Par-dessus tout, ce que nous aimerions faire, ce serait de lui dire, à elle, à la manière dont le font les auteurs, que les enfants sont en route et arriveront jeudi en huit. Cela gâcherait complètement la surprise que Wendy, John et Michael ont projetée. Ils ont tout réglé sur le bateau : le bonheur de maman, le cri de joie de papa, les bonds en l'air de Nana qui veut être la première à les embrasser, alors qu'ils feraient mieux de se préparer à une bonne raclée. Ah ! que ce serait exquis de leur gâcher ce plaisir en révélant la nouvelle à l'avance ! De sorte que, lorsqu'ils feraient leur entrée solennelle, Mme Darling n'offrirait pas même un baiser à Wendy, et que M. Darling s'exclamerait d'un ton bougon : « Zut alors ! voilà encore les garçons ! » Mais nous n'obtiendrions pas un remerciement pour ça. Nous commençons à connaître Mme Darling, depuis le temps, et sommes sûrs qu'elle nous reprocherait de priver les enfants de leur petit plaisir. [...]

Le seul changement qui se remarque dans la chambre des enfants, c'est qu'entre neuf heures du matin et six heures du soir, la niche ne s'y trouve pas.

Lorsque les enfants s'envolèrent, M. Darling eut le sentiment que tout le blâme retombait sur lui pour avoir enchaîné Nana qui, du début jusqu'à la fin, s'était montrée plus raisonnable que lui. [...] Ayant longuement réfléchi à toute l'affaire après le départ des enfants, il se mit à marcher à quatre pattes et s'introduisit en rampant dans la niche. Mme Darling eut beau tendrement l'inviter à sortir de là, il lui opposa chaque fois une réponse triste mais ferme :

« Non, chère mienne, c'est la place qui me revient. »

Pris d'amers remords, il jura qu'il ne quitterait pas la niche tant que les enfants ne seraient pas de retour. Cela faisait pitié à voir, bien sûr. Mais M. Darling, quoi qu'il fît, poussait tout à l'extrême ; sinon, il laissait rapidement tomber. Jamais il n'y eut un homme plus humble que George Darling, lui naguère si orgueilleux, alors qu'il se tenait le soir dans sa niche, et bavardait avec sa femme de leurs enfants et de leurs habitudes charmantes.

À l'égard de Nana, il faisait preuve d'une sollicitude[1] touchante. Il ne lui aurait jamais permis de revenir dans sa niche, mais pour le reste, il faisait ses quatre volontés.

Chaque matin, la niche avec M. Darling dedans était portée jusqu'à un fiacre qui les emmenait au bureau et les ramenait à six heures à la maison de la même façon. On mesurera la force de caractère qu'il fallait à cet homme, si l'on se souvient combien il était sensible à l'opinion de ses voisins, lui dont chaque mouvement suscitait à présent une curiosité étonnée. Intérieurement, il devait souffrir le martyre ; mais il affichait une calme dignité, même quand de jeunes personnes critiquaient sa petite maison, et soulevait poliment son chapeau chaque fois qu'une dame regardait à l'intérieur.

Cela aurait pu être grotesque, en vérité c'était plein de grandeur. Bientôt on comprit le sens profond de sa conduite, et le cœur généreux du public s'en émut. Des cohortes[2] de badauds suivaient son fiacre, en l'acclamant chaudement ; de charmantes jeunes filles le prenaient d'assaut pour réclamer un autographe ; des interviews parurent dans les meilleurs journaux, les gens bien l'invitaient à dîner et ajoutaient :

« Soyez gentils, venez dans votre niche. »

Au cours de cette semaine si fertile en événements, Mme Darling attendait le retour de George, assise dans la chambre des

1. ***Sollicitude*** : comportement attentif et plein de prévenance.
2. ***Cohortes*** : groupes de personnes ; dans l'Antiquité romaine, la cohorte était un corps d'infanterie d'environ six cents soldats.

enfants. Elle autrefois si guillerette[1], on eût dit la tristesse en personne. Toute sa gaieté s'était évanouie du fait de la perte de ses enfants. Et nous ne nous sentons plus la force de l'accabler de nos sarcasmes[2]. Si elle aimait trop ces fichus gamins, après tout pouvait-elle s'en empêcher ? Regardez-la, elle s'est endormie sur sa chaise […] Puis elle sursaute, appelant ses enfants par leur nom, et il n'y a personne dans la pièce sauf Nana.

« Oh Nana ! j'ai rêvé que mes chéris étaient de retour. »

Nana a les yeux embués de larmes. Tout ce qu'elle peut faire, c'est poser gentiment la patte sur les genoux de sa maîtresse. À ce moment arrive la niche. M. Darling passe la tête au-dehors pour embrasser sa femme. Son visage est plus las que naguère, mais son expression est plus douce. […]

« Joue-moi quelque chose pour m'endormir, s'il te plaît », la prie-t-il.

Mme Darling se dirige vers le piano qui se trouve à côté, dans la salle de jeux, mais son mari ajoute étourdiment :

« Ferme la fenêtre, je sens un courant d'air.

– Oh George, ne me demande pas ça ! La fenêtre doit toujours rester ouverte pour eux, toujours, toujours. »

Il lui demande pardon, et elle va se mettre au piano. Il ne tarde pas à s'endormir. Et, tandis qu'il dort, Wendy, John et Michael entrent en volant dans la chambre.

Non, non ! Tel était bien le charmant programme qu'ils avaient prévu avant que nous quittions le bateau, c'est pourquoi nous l'avons écrit. Mais il a dû se passer quelque chose depuis lors, car à leur place ce sont Peter et Clochette qui entrent en volant.

Les premiers mots de Peter expliquent tout.

« Vite, Clochette ! chuchote-t-il, ferme la fenêtre, mets la barre. Très bien. Il nous faudra repartir par la porte. Et quand Wendy arrivera, elle croira que sa mère ne veut plus d'elle. Elle sera obligée de s'en retourner avec moi. »

---

1. ***Guillerette*** : joyeuse.
2. ***Sarcasmes*** : moqueries, voir note 5, p. 45.

Maintenant nous comprenons ce qui n'avait cessé de nous intriguer jusque-là : pourquoi Peter, après avoir exterminé les pirates, est resté sur le bateau au lieu de rentrer dans l'Île et de laisser Clo escorter les enfants sur le continent. Il avait mijoté sa ruse depuis le début.

À présent, loin d'éprouver le moindre remords, il danse et saute de joie. Puis il jette un coup d'œil furtif dans l'autre pièce pour voir qui est en train de jouer.

« C'est la maman de Wendy, souffle-t-il à Clochette. Elle est jolie, mais la mienne l'est davantage. Sa bouche est pleine de dés, mais pas autant que celle de ma maman. »

Il adore se vanter de sa mère, bien qu'il ignore tout d'elle, évidemment.

Mme Darling est en train de jouer « Home, sweet home[1] » ; Peter ne connaît pas cet air, mais il devine qu'il signifie : « Reviens, Wendy, Wendy, Wendy. » Et il lance, triomphant :

« Vous ne reverrez jamais plus Wendy, madame, car la fenêtre est solidement bouclée. »

De nouveau, il jette un coup d'œil à côté, où la musique s'est tue ; il voit que Mme Darling a posé sa tête sur le bois du piano, deux larmes perlent dans ses yeux.

Elle veut que j'enlève la barre, pense Peter, mais je ne le ferai pas, pas moi en tout cas !

Un autre coup d'œil : les larmes sont toujours là, à moins que deux autres ne les aient remplacées.

Elle aime passionnément Wendy, se dit Peter et il lui en veut de ne pas comprendre qu'il ne peut pas lui rendre Wendy. La raison est pourtant simple : Moi aussi, je l'aime passionnément. Nous ne pouvons l'avoir tous les deux, madame.

Mais la dame n'a pas l'air de s'accommoder de cette raison, et Peter est malheureux. Même lorsqu'il cesse de la regarder, elle ne le laisse pas partir. Il sautille de-ci, de-là, fait des grimaces,

---

1. ***Home, sweet home*** : « Foyer, mon doux foyer », en anglais.

mais quand il s'arrête, c'est comme si elle était en lui, frappant à la fenêtre.

« Bon, ça va ! », finit-il par dire, la gorge serrée.

Et il enlève la barre de la fenêtre.

« Viens, Clo ! s'écrie-t-il en adressant un sourire de terrible mépris aux lois de la nature. Nous n'en voulons pas, de ces sottes mamans. »

Et il s'envole.

Ce fut ainsi que Wendy, John et Michael trouvèrent malgré tout la fenêtre ouverte, et c'était plus qu'ils ne méritaient. Ils se posèrent sur le plancher sans la moindre vergogne[1]. Le plus jeune des trois avait tout oublié de la maison.

« John, dit-il en regardant autour de lui d'un air de doute, il me semble que je suis déjà venu ici.

– Évidemment, nigaud, voilà ton bon vieux lit.

– Mon lit, dit Michael sans conviction.

– Oh ! s'écria John, la niche ! »

Et il se précipita pour regarder à l'intérieur.

« Peut-être que Nana est dedans ? », demanda Wendy.

John émit un sifflement de surprise.

« Tiens ! dit-il, il y a un homme dans la niche.

– C'est papa ! s'exclama Wendy.

– Laisse-moi voir papa », demanda impatiemment Michael.

Il l'examina longuement, puis :

« Il n'est pas aussi grand que le pirate que j'ai tué », remarqua-t-il d'un ton si désenchanté que nous sommes bien aise que M. Darling fût en train de dormir.

Quel coup pour lui si ç'avait été les premières paroles qu'il dût entendre de son petit Michael ! Wendy et John, quant à eux, étaient un peu déconcertés de découvrir leur père dans la niche.

« Assurément, dit John comme quelqu'un qui ne se fie plus à sa mémoire, il n'avait pas l'habitude de dormir dans la niche.

1. ***Vergogne*** : honte, pudeur.

– John, fit Wendy d'une voix qui défaillait, peut-être ne nous souvenons-nous plus du bon vieux temps aussi bien que nous le pensions ? »

Un grand froid leur serra le cœur. Bien fait pour eux.

« Tout de même, dit ce bandit de John, quelle insouciance de la part de maman ! Ne pas être là pour notre retour ! »

À ce moment, Mme Darling se remit à jouer.

« C'est maman ! s'écria Wendy en jetant un coup d'œil.

– Oui, c'est elle ! dit John.

– Alors, tu n'es pas notre vraie maman, Wendy ? demanda Michael qui avait sûrement sommeil.

– Mon Dieu ! s'exclama Wendy, éprouvant pour la première fois une pointe de remords. Il était temps de rentrer !

– Glissons-nous sans bruit dans la pièce, suggéra John, et mettons-lui la main sur les yeux. »

Mais une nouvelle aussi joyeuse devait être annoncée avec douceur et ménagement, pensa Wendy qui avait un meilleur plan.

« Mettons-nous au lit ; ainsi, quand maman entrera dans la chambre, tout sera comme si nous n'étions jamais partis. »

En effet, quand Mme Darling revint dans la chambre s'assurer que son mari dormait, tous les lits étaient occupés. Les enfants s'attendaient à ce qu'elle pousse un grand cri, mais cela ne vint pas. Elle les vit, mais ne crut pas qu'ils étaient là. Elle les avait vus si souvent dans leurs lits, en rêve, qu'elle crut tout simplement que son rêve revenait la hanter.

Elle s'assit dans la chaise près du feu, où elle les avait si souvent bercés dans ses bras.

Ils ne comprenaient plus, et la peur les étreignit tous trois.

« Maman ! cria Wendy.

– C'est Wendy, dit-elle, toujours persuadée que c'était le rêve.

– Maman !

– C'est John, dit-elle.

– Maman ! cria Michael. (Il la reconnaissait, à présent.)

– C'est Michael», dit-elle, et elle tendit vers les trois petits égoïstes ses bras qui ne les serreraient jamais plus.

Mais si, ils les serrèrent ! Ils entourèrent Wendy, John, Michael, qui avaient bondi hors du lit pour se jeter contre elle.

« George ! George ! », cria Mme Darling lorsqu'elle put parler.

Et M. Darling s'éveilla pour partager son bonheur, et Nana entra en trombe. On n'aurait pu rêver plus charmant tableau, mais il n'y avait personne pour le voir, si ce n'est un étrange garçon qui regardait derrière la fenêtre. Il lui arrivait de connaître des félicités [1] inouïes, interdites aux autres enfants, mais, en ce moment, il regardait à travers la vitre la seule joie qui lui était à jamais refusée.

# XVII
## Bien des ans ont passé...

J'espère que vous souhaitez savoir ce qu'il advint des autres garçons. Ils attendaient au rez-de-chaussée, pour laisser à Wendy le temps de s'expliquer à leur sujet ; et, quand ils eurent compté jusqu'à cinq cents, ils montèrent. Ils montèrent par l'escalier, pensant que cela ferait meilleure impression. Ils s'alignèrent en rang devant Mme Darling, tête nue, et auraient donné cher pour ne pas être habillés en pirates. Ils se taisaient mais leurs yeux parlaient pour eux et imploraient Mme Darling de les garder. Ils auraient dû regarder également M. Darling, mais ils oublièrent de le faire.

Naturellement, Mme Darling dit aussitôt qu'elle les garderait. Mais M. Darling semblait bizarrement démoralisé et ils virent bien que six, pour lui, était un bien grand nombre.

« Je dois reconnaître, dit-il à Wendy, que tu ne fais pas les choses à moitié. »

1. ***Félicités*** : très grands bonheurs (du latin *felix*, « heureux »).

Remarque mesquine que les Jumeaux prirent pour eux. Le premier des Jumeaux ne manquait pas de fierté, et dit en rougissant :

« Si vous nous trouvez encombrants, monsieur, nous pouvons nous en aller.

– Papa ! », s'écria Wendy, indignée.

Mais l'orage grondait encore au-dessus de lui : il savait qu'il se conduisait mal mais ne pouvait s'en empêcher.

« Nous pourrions dormir pliés en deux, suggéra Bon Zigue.

– Je leur coupe moi-même les cheveux, plaida Wendy.

– George ! », s'exclama Mme Darling, peinée de voir son cher homme se montrer sous un jour si peu favorable.

Alors M. Darling fondit en larmes et la vérité éclata. Il était aussi heureux qu'elle de les garder, dit-il, mais on aurait pu, à son avis, lui demander aussi son consentement, au lieu de le traiter comme un zéro sous son propre toit.

« Je ne trouve pas qu'il soit un zéro ! s'écria La Guigne. Et toi, Le Frisé ?

– Moi non plus. Et toi, La Plume ?

– Plutôt pas. Les Jumeaux, qu'en pensez-vous ? »

Il s'avéra qu'aucun d'eux ne le regardait comme une nullité ; ridiculement satisfait, il déclara qu'il trouverait de la place pour eux tous dans le salon, à condition qu'ils puissent y tenir.

« Nous y tiendrons, assurèrent-ils.

– En ce cas, suivez le guide ! lança-t-il gaiement. Je vous préviens, je ne suis pas certain que nous ayons un salon, mais nous faisons semblant d'en avoir un, ce qui revient au même. Hop là ! »

Il partit en dansant à travers la maison, tous crièrent « hop là ! » et dansèrent à sa suite, à la recherche du salon. Je ne sais plus s'ils le trouvèrent. En tout cas, ils trouvèrent des recoins où ils tinrent très bien.

Quant à Peter, il revit encore une fois Wendy avant de s'envoler. Il ne vint pas exactement à la fenêtre, mais il la frôla en passant, de sorte que, si Wendy voulait, elle pût ouvrir et l'appeler. Ce qu'elle fit.

« Salut, Wendy, au revoir, dit-il.
– Oh ! Tu t'en vas ?
– Oui.
– Et… tu n'as pas envie de dire quelques mots à mes parents, au sujet de… d'une question délicate ?
– Non.
– À propos de moi, Peter ?
– Non. »

Mme Darling s'approcha de la fenêtre, car elle surveillait désormais sa Wendy d'un œil vigilant. Elle dit à Peter qu'elle adoptait les garçons perdus et qu'elle le garderait volontiers, lui aussi.

« Et vous m'enverriez à l'école ? s'enquit-il prudemment.
– Bien sûr.
– Et ensuite au bureau ?
– Je présume.
– Et bientôt je devrais être un homme ?
– Très bientôt.
– Je ne veux pas aller à l'école apprendre des choses ennuyeuses, répondit-il avec véhémence. Je ne veux pas devenir un homme ! Ô maman de Wendy, si en me réveillant, je devais sentir qu'il m'est poussé de la barbe !
– Peter, dit Wendy, encourageante, je t'aimerais même barbu ! »

Et Mme Darling lui tendit les bras, mais il la repoussa.

« Arrière, ma bonne dame ! Personne ne m'aura ! personne ne fera de moi un homme !
– Mais où vas-tu vivre ?
– Je vivrai avec Clo, dans la petite hutte que nous avons bâtie pour Wendy. Les fées l'installeront très haut à la cime d'un arbre, où elles dorment la nuit.
– Oh ! délicieux ! s'écria Wendy avec un tel accent de convoitise que sa mère la serra plus fort dans ses bras.
– Je croyais que toutes les fées étaient mortes, dit Mme Darling.

– Il en vient sans cesse de nouvelles, expliqua Wendy qui faisait maintenant autorité en la matière, parce que, vois-tu, chaque fois qu'un nouveau-né rit pour la première fois, une fée voit le jour, et comme il naît sans cesse de nouveaux bébés, il naît sans cesse de nouvelles fées. Elles vivent dans des nids au sommet des arbres ; les mauves sont des garçons, les blanches des filles, et les bleues, de petites imbéciles qui ne savent même pas ce qu'elles sont.

– Qu'est-ce que je vais bien m'amuser ! dit Peter, un œil sur Wendy.

– Ce sera plutôt triste, le soir, de t'asseoir tout seul près du feu.

– Clo sera là.

– Clo ne m'arrive pas à la cheville ! lui rappela-t-elle sur un ton acide.

– Sale menteuse ! glapit Clochette, quelque part au coin de la rue.

– Cela n'a pas d'importance, dit Peter.

– Oh, Peter, tu sais bien que si.

– Alors, viens avec moi vivre dans la petite hutte.

– Je peux, maman ?

– Certainement pas. Je t'ai retrouvée et j'entends bien te garder.

– Mais il a tellement besoin d'une maman !

– Toi aussi, chérie.

– Très bien », dit Peter comme s'il l'avait invitée par pure politesse.

Mais Mme Darling vit sa bouche se crisper, et elle fit cette proposition généreuse : Wendy irait le voir une fois par an, pour faire le nettoyage de printemps. Wendy aurait préféré un arrangement plus définitif ; il lui semblait que le printemps serait long à venir. Mais cette promesse satisfit Peter qui repartit tout content. Il n'avait aucune notion de la durée, et il lui arrivait tant d'aventures que tout ce que je vous ai raconté n'est que roupie de sansonnet [1] en comparaison. Et Wendy devait en être consciente, sinon pourquoi lui aurait-elle adressé un au revoir si plaintif ?

---

1. ***Roupie de sansonnet*** : se dit d'une chose insignifiante (familier et vieilli).

« Tu ne m'oublieras pas, Peter, avant le retour de printemps ? »

Peter promit de ne pas oublier, et il s'envola. Il emporta avec lui le baiser de Mme Darling. Ce baiser que personne n'avait pu prendre, ce fut Peter qui le ravit, et sans aucune difficulté. Bizarre, n'est-ce pas ? Et elle n'eut même pas l'air fâchée.

Bien entendu, tous les garçons durent aller à l'école. [...]

Au bout d'une semaine d'école, ils comprirent combien ils avaient été bêtes de ne pas rester dans l'Île, mais c'était trop tard ; bientôt ils se rangèrent [1] et devinrent aussi ordinaires que vous ou moi ou Dupont junior. Chose triste à dire, ils perdirent peu à peu le don de voler. Au début, Nana les attachait par les pieds aux barreaux du lit, pour qu'ils ne s'envolent pas pendant la nuit ; le jour, une de leurs distractions favorites était de faire semblant de tomber dans l'autobus. Mais petit à petit, ils cessèrent de tirer sur leurs liens, au lit, et s'aperçurent qu'il était douloureux de tomber d'un autobus. À la fin, ils ne savaient même plus voler après leur chapeau. Ils appelaient ça manquer d'exercice, mais en vérité, cela voulait dire qu'ils n'y croyaient plus.

Michael y crut plus longtemps que les autres, en dépit des railleries que cela lui attirait. Aussi était-il présent quand Peter vint chercher Wendy à la fin de la première année. Elle s'envola dans la robe même qu'elle avait tissée au pays de l'Imaginaire avec des feuilles et des baies sauvages. Sa seule crainte était qu'il remarquât combien la robe était devenue courte, mais il n'y fit pas attention, tant il avait à dire à propos de lui-même.

Elle avait espéré qu'ils frissonneraient ensemble au souvenir du bon vieux temps, mais de nouvelles aventures avaient chassé les anciennes de son esprit.

« Qui est le capitaine Crochet ? demanda-t-il avec curiosité quand elle lui parla de l'ex-ennemi numéro un.

– Comment ! s'étonna-t-elle. Tu ne te souviens donc pas comment tu l'as tué et nous as sauvé la vie ?

---

1. ***Ils se rangèrent*** : ils devinrent sages et ordonnés.

– Je les oublie dès que je les ai tués », avoua-t-il avec insouciance.

Quand, sans trop y croire, elle demanda si la fée Clo serait heureuse de la revoir, il répondit :

« Qui est la fée Clo ?

– Peter ! », dit-elle, scandalisée.

Mais elle eut beau lui expliquer, il avait tout oublié.

« Tu comprends, dit-il, elles sont si nombreuses. Je suppose que celle-là est morte. »

Sans doute avait-il raison, car les fées vivent peu longtemps, mais elles sont si petites qu'un temps très court leur semble une éternité.

Wendy eut encore le chagrin de découvrir que pour Peter, l'an passé était plus proche qu'hier. Cette année lui avait semblé si longue, à elle. Mais il était plus séduisant que jamais et le nettoyage de la hutte dans les arbres se déroula délicieusement.

L'année suivante, il ne fut pas au rendez-vous. Elle l'attendit, vêtue d'une robe neuve car l'ancienne n'eût pas été convenable. Mais il ne vint pas.

« Il est peut-être malade, dit Michael.

– Tu sais bien qu'il n'est jamais malade. »

Michael se rapprocha et lui chuchota, avec un frisson :

« Et s'il n'existait pas ? »

Wendy se serait mise à pleurer si Michael ne l'avait devancée.

Peter revint l'an d'après et, chose curieuse, il ne se rendait pas compte qu'il avait sauté une année.

Ce fut la dernière fois que Wendy, fillette, le vit. Pendant quelque temps encore, elle essaya de ne pas éprouver de trop gros chagrins pour l'amour de lui ; puis elle sentit qu'elle le trahissait le jour où elle obtint le prix d'excellence. Mais les années passèrent sans ramener l'insouciant infidèle. Lorsque enfin ils se revirent, Wendy était une femme mariée et Peter n'était plus pour elle qu'un peu de poussière sur le coffre où elle avait conservé ses jouets. Wendy était devenue une grande personne. […]

Entre-temps, tous les garçons étaient devenus des adultes rassis[1], aussi cela ne vaut-il guère la peine de s'étendre sur leur compte. Vous pourriez voir chaque jour les Jumeaux, Bon Zigue et Le Frisé se rendre au bureau, chacun portant une serviette et un parapluie. Michael conduit une locomotive ; La Plume a épousé une dame titrée, il est devenu lord[2]. Voyez-vous ce juge en perruque[3] qui sort par cette porte de fer ? Jadis, c'était La Guigne. Et ce barbu qui n'a pas une histoire à raconter à ses enfants, autrefois ce fut John.

Wendy se maria en robe blanche et voile rose. Il est étrange que Peter ne vînt pas à l'église pour empêcher les bans[4] d'être publiés.

D'autres années se sont écoulées. À présent, Wendy a une fille. Cela mériterait qu'on l'écrive non à l'encre mais en lettres d'or.

L'enfant s'appelle Jane. Depuis toujours, elle a un regard étrangement interrogateur, comme si dès son arrivée sur le continent[5], elle avait déjà des questions à poser. Et quand elle a été en âge de les poser, toutes ou presque concernaient Peter Pan. Jane adore qu'on lui en parle, et Wendy lui raconte tout ce qu'il lui est possible de se rappeler, dans la chambre même où eut lieu le fameux envol. Cette chambre est maintenant celle de Jane car son père l'a achetée au taux de trois pour cent au père de Wendy qui n'a plus de goût pour les escaliers. Mme Darling est morte, déjà, et oubliée.

Il n'y a plus que deux lits dans la chambre, celui de Jane et celui de sa bonne, car Nana aussi a vécu. Elle est morte à un âge avancé et, à la fin, il devenait difficile de faire bon ménage avec elle, fermement convaincue qu'elle était la seule à savoir s'y prendre avec les enfants.

---

1. ***Rassis*** : secs, qui ont perdu leur fraîcheur.
2. ***Lord*** : titre de noblesse en Grande-Bretagne ; Barrie se moque, car une femme devient noble (*lady*) si elle épouse un noble, mais non l'inverse.
3. ***Juge en perruque*** : en Angleterre, les juges et les avocats portent non seulement la toge (la robe) mais aussi la perruque.
4. ***Bans*** : proclamation publique et officielle d'un futur mariage.
5. Le mot désigne la vie réelle, par opposition à l'Île, « pays de l'Imaginaire »…

Une fois par semaine, la bonne de Jane a son jour de congé ; alors Wendy se charge de coucher l'enfant. C'est l'heure bénie des histoires. Jane a inventé de faire une tente en soulevant son drap au-dessus de la tête de sa mère et de la sienne. Et dans cette obscurité redoutable, elle chuchote :

« Dis-moi ce que tu vois.

– Je ne crois pas que je voie quoi que ce soit cette nuit, répond Wendy avec le sentiment coupable que, si Nana eût été là, elle n'aurait pas permis de poursuivre l'entretien.

– Si, tu vois quelque chose, insista Jane. Tu vois quand tu étais une petite fille.

– Il y a bien longtemps de cela, mon cœur, soupire Wendy. Ah ! comme les années s'envolent !

– Volent-elles de la manière que tu volais quand tu étais petite fille ? demande la petite futée.

– La manière dont je volais ! Sais-tu, Jane, parfois je me demande si j'ai jamais vraiment volé.

– Oui, tu as volé.

– Les belles années où je savais voler !

– Pourquoi ne sais-tu plus, maman ?

– Maintenant, je suis une grande personne, ma chérie. Quand on grandit, on désapprend à voler.

– Pourquoi désapprend-on ?

– Parce qu'on n'est plus assez joyeux, innocent et sans-cœur. Seuls les sans-cœur joyeux et innocents savent voler.

– Qu'est-ce que des sans-cœur joyeux et innocents ? Oh ! comme je voudrais être sans cœur, joyeuse et innocente ! »

D'autres fois, Wendy admet qu'elle voit en effet quelque chose.

[Elle se lance dans le récit de ses aventures...]

« Que t'a dit Peter la dernière fois qu'il t'a parlé ? demande Jane.

– La dernière chose qu'il m'ait dite, c'était : "Attends-moi toujours et, une nuit, tu m'entendras chanter."

– Oui.

– Hélas ! il m'a complètement oubliée. »

Wendy a dit cela avec un sourire. Cela montre à quel point elle est adulte.

« À quoi ressemblait son chant ? », demanda un soir la petite Jane.

Wendy essaya d'imiter le cri de victoire de Peter.

« Non, ce n'était pas comme ceci, dit gravement Jane, mais comme cela. »

Et elle l'imita tellement mieux que sa mère que Wendy en fut un peu saisie[1].

« D'où sais-tu que c'était ainsi, ma chérie ?

– Je l'entends souvent quand je dors, dit Jane.

– C'est vrai, beaucoup de filles l'entendent en dormant, mais moi, je suis la seule qui l'ait entendu éveillée.

– Quelle chance tu as ! », dit Jane.

Puis une nuit le drame arriva. On était au printemps. Jane avait eu son histoire et dormait maintenant dans son lit. Wendy était assise sur le plancher, tout près du feu qui éclairait ses travaux de raccommodage, car il n'y avait pas d'autre lumière dans la chambre ; et, tandis qu'elle raccommodait, elle entendit un chant triomphal. Puis la fenêtre s'ouvrit, comme jadis, et Peter se posa sur le sol.

Il n'avait absolument pas changé, et Wendy vit tout de suite qu'il avait encore ses dents de lait.

Il était un petit garçon, et elle, une grande personne. Elle se blottit près du feu, sans oser faire un mouvement, désemparée et comme prise en faute, elle, la grande femme.

« Salut, Wendy ! »

Il ne remarquait aucune différence, étant surtout occupé de lui-même, et dans la faible clarté, il pouvait prendre la robe blanche de

1. ***Saisie*** : frappée de stupeur.

Wendy pour la chemise de nuit dans laquelle il l'avait vue pour la première fois.

« Salut, Peter », dit-elle d'une voix éteinte en se tassant pour paraître plus petite.

Quelque chose en elle pleurait : « Femme, femme, laisse-moi. »

« Tiens, où est John ? demanda Peter s'apercevant qu'il manquait un troisième lit.

– Il n'est pas ici en ce moment, souffla-t-elle.

– Michael dort ? dit-il en posant un regard distrait sur Jane.

– Oui », répondit-elle.

Mais aussitôt elle se reprocha de manquer de loyauté à son égard aussi bien qu'envers Jane.

« Ce n'est pas Michael », se hâta-t-elle de corriger, de peur qu'un châtiment ne vînt fondre sur sa tête.

Peter regarda.

« C'est un nouvel enfant ?

– Oui.

– Un garçon ou une fille ?

– Une fille. »

Sûrement, il allait comprendre maintenant. Mais non, pas le moins du monde !

« Peter, dit-elle en hésitant, tu n'espères pas que je vais m'envoler avec toi ?

– Bien sûr que si, c'est pour cela que je suis venu. »

Il ajouta d'un ton de léger reproche :

« As-tu oublié que le moment est venu de faire le nettoyage de printemps ? »

À quoi bon lui rappeler qu'il en avait laissé passer plus d'un ?

« Je ne peux pas venir, s'excusa-t-elle, je ne sais plus du tout voler.

– J'aurai tôt fait de te rapprendre.

– Oh ! Peter, ne gaspille pas la poudre des fées pour moi. »

Elle s'était levée ; et la peur enfin assaillit le garçon.

« Qu'y a-t-il ? cria-t-il en reculant.

– Je vais allumer, dit-elle, alors tu verras par toi-même. »

Pour autant que je sache, ce fut la seule fois dans sa vie où Peter eut peur.

« N'allume pas », supplia-t-il.

Elle caressa doucement les cheveux du tragique petit orphelin. Elle n'était pas une petite fille au cœur brisé de chagrin à cause de lui ; elle était une femme adulte, que tout cela faisait sourire, pourtant ses sourires étaient mouillés.

Alors elle alluma la lampe, et Peter vit. Il poussa un cri de souffrance ; et quand cette superbe créature se pencha vers lui pour le soulever dans ses bras, il recula farouchement.

« Qu'y a-t-il ? », demanda-t-il encore.

Cette fois, elle ne pouvait plus se dérober.

« Je suis vieille, Peter, j'ai déjà plus de vingt ans. Il y a longtemps que j'ai grandi.

– Tu avais promis de ne pas grandir.

– Je n'ai pas pu faire autrement. Je suis mariée, Peter.

– Non ! Ce n'est pas vrai !

– Si, et la petite fille dans le lit est mon enfant.

– Non ! Ce n'est pas vrai ! »

Mais il la crut, et fit un pas vers l'enfant endormie, son poignard levé. Bien sûr, il ne la frappa pas. Au lieu de frapper, il s'assit sur le plancher et sanglota. Et Wendy ne sut comment le consoler, elle qui autrefois le faisait si bien. Elle n'était qu'une femme, maintenant, et elle se précipita hors de la chambre pour mettre de l'ordre dans ses pensées.

Peter pleurait toujours à chaudes larmes, et ses sanglots finirent par réveiller Jane. Elle s'assit dans son lit, immédiatement intéressée.

« Pourquoi pleures-tu, petit garçon ? » dit-elle.

Peter se leva et lui fit une révérence qu'elle lui rendit de son lit.

« Bonjour, dit-il.

– Bonjour, dit Jane.

– Je m'appelle Peter Pan.

– Je le sais.

– Je suis venu chercher ma mère, expliqua-t-il, pour l'emmener dans l'Île de l'Imaginaire.

– Je sais, dit Jane, je t'attendais. »

Quand Wendy revint, tout embarrassée, elle trouva Peter assis sur le bois du lit et poussant son cocorico victorieux, tandis que Jane en chemise de nuit voletait à travers la chambre, dans une extase solennelle.

« C'est ma mère », déclara Peter.

Jane descendit et se tint à ses côtés avec, sur son visage, cette expression qu'il aimait à voir chez les dames qui le regardaient.

« Il a tellement besoin d'une mère, dit Jane.

– Je sais, admit Wendy d'un air malheureux. Personne ne le sait aussi bien que moi.

– Au revoir », dit Peter à Wendy.

Il s'éleva dans l'air et l'impudente petite Jane en fit autant. Déjà, elle volait mieux qu'elle ne marchait. Wendy se rua à la fenêtre.

« Non ! non ! cria-t-elle.

– C'est seulement pour le nettoyage de printemps, dit Jane. Il tient à ce que ce soit moi qui le fasse toujours.

– Si seulement je pouvais aller avec vous, soupira Wendy.

– Tu vois bien que tu ne peux pas voler, dit Jane.

– Bien sûr. »

Wendy finit par céder et les laissa s'envoler ensemble.

La dernière vision que nous ayons d'elle la montre à la fenêtre, regardant les enfants s'éloigner dans le ciel jusqu'à ce qu'ils ne soient pas plus grands que les étoiles.

Et tandis que vous contemplez Wendy, vous voyez ses cheveux blanchir, sa silhouette redevenir petite, car tout cela s'est passé il y a fort longtemps. Jane est à présent une grande personne ordinaire, mère d'une fillette nommée Margaret. Et chaque fois que revient l'époque du nettoyage de printemps, Peter (sauf les années où il oublie) vient chercher Margaret et l'emmène au pays de l'Imaginaire, où elle lui raconte des histoires dont il est le héros et qu'il écoute passionnément. Quand Margaret grandira, elle aura une fille, destinée à être à son tour la mère de Peter ; et les choses continueront ainsi, aussi longtemps que les enfants seront joyeux, innocents et sans-cœur.

■ En 2002, les studios Disney imaginent une suite aux aventures de Peter Pan dans *Peter Pan 2, retour au Pays Imaginaire* : Wendy est devenue adulte et vit à Londres avec ses deux enfants, Danny et Jane. Pendant la Seconde Guerre mondiale, elle tente de les réconforter en leur contant des histoires sur le pays de l'Imaginaire, qu'elle a connu autrefois. Jane ne croit guère à ces récits jusqu'au jour où le capitaine Crochet l'enlève, la prenant pour Wendy qu'il veut utiliser comme appât pour capturer Peter. En effet, dans cette suite, le « terrible » pirate n'est pas mort et Peter, qui refuse toujours de grandir et vit toujours au pays de l'Imaginaire en compagnie des garçons et des Indiens, doit encore l'affronter, comme ci-dessus.

# DOSSIER

- À vos mémoires !
- Temps et lieux
- La carte du pays de l'Imaginaire
- Embarquement pour Cythère
- Peter Pan, un monstre mythologique ?
- La vie quotidienne au pays de l'Imaginaire
- Onomatopées
- Antonomases
- Mots croisés
- Faux amis
- Le roman de la ruse
- Le mélange des genres
- Un conte riche d'enseignements

# À vos mémoires !

Après la lecture du conte et de sa présentation, vous devriez pouvoir répondre sans hésiter aux questions suivantes :

**1. Peter Pan doit son nom**

A. au dieu grec de la nature sauvage
B. au bruit sec du fusil
C. au claquement du fouet

**2. Wendy est un prénom**

A. d'origine écossaise
B. inventé par l'auteur
C. d'origine germanique

**3. À chaque enfant son pays imaginaire**

**• John**

A. lagune, flamants roses
B. forêt, grotte, nains

**• Michael**

A. flamant rose, wigwam
B. hutte, gentille sorcière

**• Wendy**

A. hutte de feuilles, louveteau
B. bateau échoué, beau pirate

**4. Quelle est la première trace du passage de Peter chez les Darling ?**

A. une ombre
B. une étoile filante
C. une odeur de résine de pin

**5. Pour voler, il est indispensable...**

A. d'avoir tourné sept fois sa langue dans sa bouche
B. d'être saupoudré de pollen des fées
C. d'avoir mangé de la salsepareille à la pleine lune

**6. Pourquoi les garçons perdus tirent-ils une flèche sur Wendy ?**

A. ils l'ont prise pour un canard sauvage
B. ils en ont eu peur
C. ils ont cru Clochette et ont pensé que Peter leur en donnait l'ordre

**7. Pourquoi Peter souhaite-t-il la présence d'une dame dans l'Île ?**

A. pour qu'elle raconte des histoires
B. pour qu'elle fasse la cuisine
C. pour l'épouser

**8. Quelle est la principale faiblesse du capitaine Crochet ?**

A. il a peur des fantômes
B. il est avare
C. il veut toujours être « correct »

**9. Quelle est la principale caractéristique de Clochette ?**

A. la gourmandise
B. la jalousie
C. la vanité

**10. Pourquoi Lis Tigré ne veut-elle pas mourir sur l'Île ?**

A. parce qu'elle veut revoir les siens une dernière fois
B. parce qu'elle pense qu'il n'y a pas de paradis dans l'eau
C. parce qu'elle n'a pas eu le temps d'épouser Peter

**11. Comment Peter arrive-t-il à terrasser Crochet ?**

A. en sectionnant son crochet
B. en imitant le bruit du crocodile
C. en provoquant une mutinerie

**12. Comment Starkey survit-il à Crochet ?**

A. en bonne d'enfants chez les Peaux-Rouges
B. en trafiquant de crocodiles
C. en clochard

# Temps et lieux

## 1. Drôle d'époque !

Il était une fois... le temps de l'Imaginaire. Il se calcule « en lunes et en soleils innombrables ». Par conséquent, le récit réunit plusieurs époques. Rendez les détails suivants à chacune d'elles : par exemple, XVIIe, XVIIIe siècle ou sans âge (aidez-vous de la présentation et des notes figurant au bas des pages).

Le fiacre : ..........................................................................
Les veilleuses : ..................................................................
Le chapeau haut de forme : ..............................................
Les pirates : ......................................................................
La fraise de Crochet : ........................................................
Les flèches : ......................................................................
Le costume de Clo : ..........................................................
Les meubles de la chambre de Clo : ...............................
Le miroir Chat Botté : .......................................................
Les duels à l'épée : ...........................................................
Le bureau de M. Darling : ................................................

À quelle(s) partie(s) du récit se rapportent les détails qui ont trait au XXe siècle ? et les autres ?

Que peut-on en déduire au sujet du voyage au pays de l'Imaginaire ? Il s'agit aussi d'un voyage .......................................................

## 2. Drôle de géographie !

L'Île se trouve, nous dit-on, à des billions de kilomètres de l'Angleterre. Pourtant, on pourrait la situer dans bien des régions du monde. Précisez quels éléments du texte permettraient en effet de la rattacher à différentes parties du globe (Amérique du Sud, Afrique noire, Amérique centrale, Amérique du Nord).

– Les enfants survolent une grande étendue de prairie appelée ......... (Amérique du Sud)
– Les oiseaux qui peuplent la lagune sont des ......... (Afrique noire)

– Crochet a très peur d'un ......... (Afrique noire)
– Wendy cuisine des ......... (Amérique centrale)
– Les ......... sont comparés aux Delaware et aux Hurons (Amérique du Nord).

Comment qualifieriez-vous la géographie de cette Île ?

## La carte du pays de l'Imaginaire

Le pays de l'Imaginaire se compose, nous dit Barrie au début de son conte, de tout ce que regroupe la carte géographique d'un esprit humain. Voici un échantillon de ce que l'on y trouve : une île, des voiliers corsaires, des repaires sauvages, etc. Ces éléments figurent – il n'y a pas de hasard ! – dans de nombreux contes ou histoires destinés aux enfants du monde entier. Citez un ou plusieurs récit(s) comportant :

– une île : ..........................................................................................
– de fins voiliers corsaires : ..................................................................
– des repaires sauvages : ......................................................................
– des nains tailleurs : ............................................................................
– des grottes où coule une rivière : .......................................................
– une hutte prête à s'effondrer : ............................................................
– une vieille au nez crochu : ..................................................................

## Embarquement pour Cythère

Dans les livres, l'île est par excellence un lieu propice aux aventures. Nombreux sont en effet les auteurs qui y ont situé les actions de leurs personnages. Dans notre récit, l'Île des enfants perdus est une vraie Cythère, par référence à cette île grecque que l'on disait « bienheureuse » dans l'Antiquité.

Saurez-vous relier chaque île au nom qui convient ?

| | |
|---|---|
| L'Île au trésor • | • Homère |
| L'Île mystérieuse • | • Robert Louis Stevenson |
| Lilliput • | • Hergé |
| L'île aux Cyclopes • | • Jules Verne |
| L'Atlantide • | • Jonathan Swift |
| L'Île noire • | • Pierre Benoist |
| L'Île aux abeilles • | • Carlo Collodi |
| La Crète • | • Minotaure |

L'une de ces îles n'est pas imaginaire. Laquelle ? L'un de ces noms propres n'est pas celui d'un auteur. Lequel ? Mais tous deux sont associés à une légende très célèbre. Laquelle ?

Enfin, *L'Embarquement pour Cythère*, tableau conservé au musée du Louvre, à Paris, est l'œuvre d'un grand peintre français. Connaissez-vous son nom ?

## Peter Pan, un monstre mythologique ?

Non ! Pourtant, c'est une créature composite – il ressemble à un enfant, vole comme un oiseau, a les pouvoirs d'un sorcier... – à l'image de toutes ces créatures fabuleuses, mi-hommes mi-animaux, ou monstres mixtes, qui peuplent les mythologies du monde entier. Les reconnaissez-vous ?

| | |
|---|---|
| Mi-femme, mi-poisson | Quetzalcóatl |
| Mi-homme, mi-taureau | Loup-garou |
| Mi-homme, mi-bouc | Sphinge |
| Mi-femme, mi-lionne | Centaure |
| Mi-serpent, mi-cheval | Pégase |
| Cheval à une corne | Dragon |
| Mi-femme, mi-serpent | Cerbère |
| Serpent à plumes | Gorgone |
| Femme à chevelure de serpents | Harpie |
| Mi-cheval, mi-oiseau | Sirène |
| Homme se changeant en loup | Licorne |
| Chien à trois têtes | Satyre |

Parmi ces créatures, quelles sont celles qui ont pour origine la Grèce antique ? le Mexique ? l'Égypte ancienne ? les pays nordiques ? la Chine ?

# La vie quotidienne au pays de l'Imaginaire

Au pays de l'Imaginaire, l'heureux foyer de Peter et des enfants et la hutte de Wendy sont un peu étranges. Qu'est-ce qui y fait office de :

- chaise ?
- table ?
- cheminée ?
- repas ?
- heurtoir de porte ?

Sur le même modèle et sachant que les sirènes jouent au ballon avec des bulles de savon, imaginez ce que pourrait être la maison des sirènes...

# Onomatopées

Les enfants ne comprennent pas la fée Clochette car celle-ci « tintinnabule », c'est-à-dire qu'elle produit, telle une cloche, des tintements. Le verbe utilisé par Barrie pour qualifier le langage de Clochette est formé à partir d'une onomatopée, c'est-à-dire un mot suggérant, en le reproduisant, le son qu'il désigne : « tin ». Connaissez-vous l'onomatopée qui reproduit le bruit :

– de l'eau qui coule goutte à goutte ?
– de l'eau bue à grands traits ?
– d'un réveil dans le ventre d'un crocodile ?
– d'un doigt qui frappe à la porte ?
– du cri du chat ?
– d'une moto qui démarre ?

Pour les deux dernières onomatopées, pouvez-vous préciser les verbes qu'elles ont permis de former ?

Amusez-vous à retrouver les onomatopées présentes dans des mots que vous employez tous les jours : chuinter, crisser, claquer, craquer, croquer, murmurer, ronronner, ronfler, gazouiller.

# Antonomases

Quel mot compliqué ! C'est pourtant cette figure de style qu'emploient les garçons lorsqu'ils parlent « du » wendy, transformant un nom propre en nom commun. Sans vous en douter, vous connaissez peut-être de nombreuses antonomases. Vous le remarquerez en remplaçant chaque définition entre parenthèses par le mot qui convient :

– Quel (titre d'une pièce de Molière) ......... ! C'est un hypocrite, un fourbe !
– Veux-tu sortir la (nom d'un préfet parisien du XIXe siècle) ......... ?

– Les élèves ont été notés de manière équitable. On a appliqué le même (mathématicien allemand du XVIIe siècle) ......... pour tout le monde.
– Notre hôte est un véritable (roi grec légendaire, titre d'une pièce de Molière) .........
– Les voitures roulent sur le (nom d'un ingénieur écossais du XVIIIe siècle) .........

À l'inverse, il se peut que vous employiez des noms propres comme des noms communs alors que ce sont des marques déposées... Quel mot utilisez-vous pour désigner :

– le réfrigérateur ?
– la fermeture à glissière ?
– l'avertisseur sonore de voiture ?

# Mots croisés

Saurez-vous associer les éléments qui suivent aux noms du conte pour compléter la grille ci-contre?

**Verticalement**

I. Trop confiants
II. Pas de chance
III. Bouilloires et casseroles
IV. Irlandais

**Horizontalement**

1. Peter
2. Garçon brave, doux, inoffensif
3. Le bon ton
4. Chéri
5. Tic-tac
6. Garçon qui ne veut pas grandir
7. Nounou
8. Rebelle

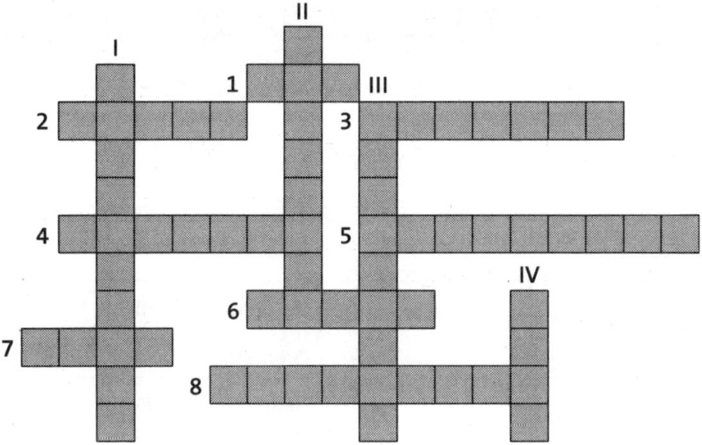

## Faux amis

Les mots qui désignent les deux « maladies rouges », « rougeole » et « rubéole », sont tous deux formés sur le mot « rouge », du latin *rubeus*. Ils appartiennent à la même famille lexicale. En vous aidant d'un dictionnaire, repérez dans chacun des groupes de mots suivants l'intrus qui s'y est glissé :

- jumeaux / gémeaux / gémissement
- insulaire / insulter / île
- navire / navet / nautique
- crochet / croquer / crocodile
- fée / fatigue / fatal
- lune / lundi / allumer
- couture / coutume / costume
- périr / période / périssable
- avenir / aventures / vent

# Le roman de la ruse

Dans ce conte pas comme les autres, c'est la traîtrise des personnages qui fait le plus souvent progresser l'action et provoque des renversements de situation. Complétez le tableau suivant :

| Personnage qui imagine la ruse | Ruse | Effet produit |
|---|---|---|
| Peter | | Les pirates libèrent Lis Tigré. |
| Crochet | | Peter est hébété et désarmé. |
| Crochet | | La fine fleur des Peaux-Rouges est massacrée. |
| Crochet | | Les enfants sont capturés. |
| Crochet | | Clochette se sacrifie et se réconcilie avec Peter. |
| Peter | | Crochet prend ses jambes à son cou. |
| Peter | | Il tue les pirates et trouve la clé qui libère les enfants. |

La dernière rencontre entre Peter et Crochet se déroule, elle, à la loyale et dans les règles : comment appelle-t-on ce genre de lutte ?

Pourquoi Crochet connaît-il un « dernier triomphe » juste avant de mourir et affronte donc cette dernière épreuve « joyeusement » ?

# Le mélange des genres

Avec *Peter Pan*, à quel genre de texte avons-nous affaire ? Voici des définitions qui correspondent chacune à des textes de genre différent : reliez-les au nom qui convient.

| | |
|---|---|
| Texte décrivant un lieu idéal ou une société idéale • | • Conte |
| Récit comportant des éléments réels et surnaturels étroitement mêlés • | • Roman d'aventures |
| Récit traditionnel, à l'origine oral, mettant en scène des héros imaginaires et du merveilleux • | • Satire |
| Récit comportant de nombreux rebondissements et péripéties • | • Utopie |
| Texte qui attaque ou ridiculise un groupe de personnes ou la société d'une époque • | • Récit fantastique |

Indiquez au moins un élément de cette histoire qui relève de chaque catégorie :

– le conte : ..........................................................................................

– le roman d'aventures : ..........................................................................

– la satire : ..........................................................................................

– l'utopie : ..........................................................................................

– le récit fantastique : ............................................................................

DOSSIER

# Un conte riche d'enseignements

Le récit fournit plusieurs enseignements au lecteur. Les avez-vous retenus ?

- Pourquoi les hirondelles font-elles leurs nids sur les toits ?
- Pourquoi les sirènes savent-elles jouer avec la tête au ballon ?
- Pourquoi les nids des oiseaux imaginaires sont-ils en forme de chapeau ?
- Comment les fées naissent-elles ?
- Que se passe-t-il chaque fois qu'un enfant dit « je ne crois pas aux fées » ?
- Pourquoi les hommes ne peuvent-ils plus voler une fois qu'ils sont adultes ?

Parmi ces enseignements, lequel est le plus significatif pour l'histoire ?

# Notes et citations

# Notes et citations

# Notes et citations

# Notes et citations

# Les classiques et les contemporains dans la même collection


ANDERSEN
La Petite Fille et les allumettes et autres contes (171)

APULÉE
Amour et Psyché (2073)

ASIMOV
Le Club des Veufs noirs (314)

AUCASSIN ET NICOLETTE (43)

BALZAC
Le Bal de Sceaux (132)
Le Chef-d'œuvre inconnu (2208)
Le Colonel Chabert (2007)
Ferragus (48)
La Maison du chat-qui-pelote (2027)
La Vendetta (28)

BARBEY D'AUREVILLY
Les Diaboliques – Le Rideau cramoisi, Le Bonheur dans le crime (2190)

BARRIE
Peter Pan (2179)

BAUDELAIRE
Les Fleurs du mal (2115)

BAUM (L. FRANK)
Le Magicien d'Oz (315)

LA BELLE ET LA BÊTE ET AUTRES CONTES (90)

BERBEROVA
L'Accompagnatrice (6)

BERNARDIN DE SAINT-PIERRE
Paul et Virginie (2170)

LA BIBLE
Histoire d'Abraham (2102)
Histoire de Moïse (2076)

BOVE
Le Crime d'une nuit. Le Retour de l'enfant (2201)

BRADBURY
L'Heure H et autres nouvelles (2050)
L'Homme brûlant et autres nouvelles (2110)

CARRIÈRE (JEAN-CLAUDE)
La Controverse de Valladolid (164)

CARROLL
Alice au pays des merveilles (2075)

CHAMISSO
L'Étrange Histoire de Peter Schlemihl (174)

LA CHANSON DE ROLAND (2151)

CHATEAUBRIAND
Mémoires d'outre-tombe (101)

CHEDID (ANDRÉE)
L'Enfant des manèges et autres nouvelles (70)
Le Message (310)

CHRÉTIEN DE TROYES
Lancelot ou le Chevalier de la charrette (116)
Perceval ou le Conte du graal (88)
Yvain ou le Chevalier au lion (66)

CLAUDEL (PHILIPPE)
Les Confidents et autres nouvelles (246)

COLETTE
Le Blé en herbe (257)

COLLODI
Pinocchio (2136)

CORNEILLE
Le Cid (2018)

DAUDET
Aventures prodigieuses de Tartarin de Tarascon (2210)
Lettres de mon moulin (2068)

DEFOE
Robinson Crusoé (120)

DIDEROT
Jacques le Fataliste (317)
Le Neveu de Rameau (2218)
Supplément au Voyage de Bougainville (189)

DOYLE
Le Dernier Problème. La Maison vide (64)
Trois Aventures de Sherlock Holmes (37)

DUMAS
Le Comte de Monte-Cristo (85)
Pauline (233)
Les Trois Mousquetaires, t. 1 et 2 (2142 et 2144)

FABLIAUX DU MOYEN ÂGE (71)

LA FARCE DE MAÎTRE PATHELIN (3)

LA FARCE DU CUVIER ET AUTRES FARCES DU MOYEN ÂGE (139)

FERNEY (ALICE)
Grâce et Dénuement (197)

FLAUBERT
La Légende de saint Julien l'Hospitalier (111)
Un cœur simple (47)

GAUTIER
Le Capitaine Fracasse (2207)
La Morte amoureuse. La Cafetière et autres nouvelles (2025)

GOGOL
Le Nez. Le Manteau (5)

GRAFFIGNY (MME DE)
Lettres d'une péruvienne (2216)

GRIMM
Le Petit Chaperon rouge et autres contes (98)

GRUMBERG (JEAN-CLAUDE)
L'Atelier (196)

HOFFMANN
L'Enfant étranger (2067)
L'Homme au Sable (2176)
Le Violon de Crémone. Les Mines de Falun (2036)

HOLDER (ÉRIC)
Mademoiselle Chambon (2153)

HOMÈRE
Les Aventures extraordinaires d'Ulysse (2225)
L'Iliade (2113)
L'Odyssée (125)

HUGO
Claude Gueux (121)
Le Dernier Jour d'un condamné (2074)
Les Misérables, t. 1 et 2 (96 et 97)
Notre-Dame de Paris (160)
Poésies 1. Enfances (2040)
Poésies 2. De Napoléon Ier à Napoléon III (2041)
Quatrevingt-treize (241)
Le roi s'amuse (307)
Ruy Blas (243)

JAMES
Le Tour d'écrou (236)

JARRY
Ubu Roi (2105)

KAFKA
La Métamorphose (83)

LABICHE
Un chapeau de paille d'Italie (114)

LA BRUYÈRE
Les Caractères (2186)

MME DE LAFAYETTE
La Princesse de Clèves (308)

LA FONTAINE
Le Corbeau et le Renard et autres fables – *Nouvelle édition des* Fables (319)

LAROUI (FOUAD)
L'Oued et le Consul et autres nouvelles (239)

LE FANU (SHERIDAN)
Carmilla (313)

LEROUX
Le Mystère de la Chambre Jaune (103)
Le Parfum de la dame en noir (2202)

LOTI
Le Roman d'un enfant (94)

MARIE DE FRANCE
Lais (2046)

MATHESON (RICHARD)
Au bord du précipice et autres nouvelles (178)
Enfer sur mesure et autres nouvelles (2209)

MAUPASSANT
Boule de suif (2087)
Le Horla et autres contes fantastiques (11)
Le Papa de Simon et autres nouvelles (4)
La Parure et autres scènes de la vie parisienne (124)
Toine et autres contes normands (312)

MÉRIMÉE
Carmen (145)
Mateo Falcone. Tamango (104)
La Vénus d'Ille et autres contes fantastiques (2)

**LES MILLE ET UNE NUITS**
Ali Baba et les quarante voleurs (2048)
Le Pêcheur et le Génie. Histoire de Ganem (2009)
Sindbad le marin (2008)

**MOLIÈRE**
L'Avare (2012)
Le Bourgeois gentilhomme (133)
L'École des femmes (2143)
Les Femmes savantes (2029)
Les Fourberies de Scapin (10)
George Dandin (60)
Le Malade imaginaire (2017)
Le Médecin malgré lui (2089)
Le Médecin volant. La Jalousie du Barbouillé (242)
Les Précieuses ridicules (2061)

**MONTESQUIEU**
Lettres persanes (95)

**MUSSET**
Il faut qu'une porte soit ouverte ou fermée. Un caprice (2149)
On ne badine pas avec l'amour (2100)

**OVIDE**
Les Métamorphoses (92)

**PASCAL**
Pensées (2224)

**PERRAULT**
Contes – *Nouvelle édition* (65)

**PIRANDELLO**
Donna Mimma et autres nouvelles (240)
Six Personnages en quête d'auteur (2181)

**POE**
Le Chat noir et autres contes fantastiques (2069)
Double Assassinat dans la rue Morgue. La Lettre volée (45)

**POUCHKINE**
La Dame de pique et autres nouvelles (19)

**PRÉVOST**
Manon Lescaut (309)

**PROUST**
Combray (117)

**RABELAIS**
Gargantua (2006)
Pantagruel (2052)

**RÉCITS DE VOYAGE**
Le Nouveau Monde (Jean de Léry, 77)
Les Merveilles de l'Orient (Marco Polo, 2081)

**RENARD**
Poil de Carotte (2146)

**ROBERT DE BORON**
Merlin (80)

**ROMAINS**
L'Enfant de bonne volonté (2107)

**LE ROMAN DE RENART** (2014)

**ROSNY AÎNÉ**
La Mort de la terre (2063)

**ROSTAND**
Cyrano de Bergerac (112)

**ROUSSEAU**
Les Confessions (238)

**SAND**
Les Ailes de courage (62)
Le Géant Yéous (2042)

**SAUMONT (ANNIE)**
Aldo, mon ami et autres nouvelles (2141)
La guerre est déclarée et autres nouvelles (223)

**SÉVIGNÉ (MME DE)**
Lettres (2166)

**SHAKESPEARE**
Macbeth (215)
Roméo et Juliette (118)

**SHELLEY (MARY)**
Frankenstein (128)

**STENDHAL**
Vanina Vanini. Le Coffre et le Revenant (44)

**STEVENSON**
Le Cas étrange du Dr Jekyll et de M. Hyde (2084)
L'Île au trésor (91)

**STOKER**
Dracula (188)

**SWIFT**
Voyage à Lilliput (2179)

**TCHÉKHOV**
La Mouette (237)
Une demande en mariage et autres pièces en un acte (108)

**TITE-LIVE**
La Fondation de Rome (2093)

**TOURGUÉNIEV**
Premier Amour (2020)

**T**ROYAT (HENRI)
Aliocha (2013)

**V**ALLÈS
L'Enfant (2082)

**V**ERNE
Le Tour du monde en 80 jours (2204)

**V**ILLIERS DE L'ISLE-ADAM
Véra et autres nouvelles fantastiques (2150)

**V**IRGILE
L'Énéide (109)

**V**OLTAIRE
Candide (2078)
L'Ingénu (2211)
Jeannot et Colin. Le monde comme il va (220)
Micromégas (135)
Zadig – *Nouvelle édition* (30)

**W**ESTLAKE (DONALD)
Le Couperet (248)

**W**ILDE
Le Fantôme de Canterville et autres nouvelles (33)

**Z**OLA
L'Attaque du moulin. Les Quatre Journées de Jean Gourdon (2024)
Germinal (123)

# Les anthologies dans la même collection

AU NOM DE LA LIBERTÉ
Poèmes de la Résistance (106)

L'AUTOBIOGRAPHIE (2131)

BAROQUE ET CLASSICISME (2172)

LA BIOGRAPHIE (2155)

BROUILLONS D'ÉCRIVAINS
Du manuscrit à l'œuvre (157)

« C'EST À CE PRIX QUE VOUS MANGEZ DU SUCRE... » Les discours sur l'esclavage d'Aristote à Césaire (187)

CEUX DE VERDUN
Les écrivains et la Grande Guerre (134)

LES CHEVALIERS DU MOYEN ÂGE (2138)

CONTES DE L'ÉGYPTE ANCIENNE (2119)

LE CRIME N'EST JAMAIS PARFAIT
Nouvelles policières 1 (163)

DE L'ÉDUCATION
Apprendre et transmettre de Rabelais à Pennac (137)

DES FEMMES (2217)

FAIRE VOIR : QUOI, COMMENT, POUR QUOI ? (320)

FÉES, OGRES ET LUTINS
Contes merveilleux 2 (2219)

LA FÊTE (259)

LES GRANDES HEURES DE ROME (2147)

L'HUMANISME ET LA RENAISSANCE (165)

IL ÉTAIT UNE FOIS
Contes merveilleux 1 (219)

LES LUMIÈRES (158)

LES MÉTAMORPHOSES D'ULYSSE
Réécritures de L'*Odyssée* (2167)

MONSTRES ET CHIMÈRES (2191)

MYTHES ET DIEUX DE L'OLYMPE (2127)

NOIRE SÉRIE...
Nouvelles policières 2 (222)

NOUVELLES DE FANTASY 1 (316)

NOUVELLES FANTASTIQUES 1
Comment Wang-Fô fut sauvé et autres récits (80)

NOUVELLES FANTASTIQUES 2
Je suis d'ailleurs et autres récits (235)

ON N'EST PAS SÉRIEUX QUAND ON A QUINZE ANS Adolescence et littérature (156)

PAROLES DE LA SHOAH (2129)

LA PEINE DE MORT
De Voltaire à Badinter (122)

POÈMES DE LA RENAISSANCE (72)

POÉSIE ET LYRISME (173)

LE PORTRAIT (2205)

RACONTER, SÉDUIRE, CONVAINCRE
Lettres des XVIIe et XVIIIe siècles (2079)

RÉALISME ET NATURALISME (2159)

RISQUE ET PROGRÈS (258)

ROBINSONNADES
De Defoe à Tournier (2130)

LE ROMANTISME (2162)

LE SURRÉALISME (152)

LA TÉLÉ NOUS REND FOUS ! (2221)

TROIS CONTES PHILOSOPHIQUES (311)
Diderot, Saint-Lambert, Voltaire

TROIS NOUVELLES NATURALISTES (2198)
Huysmans, Maupassant, Zola

VIVRE AU TEMPS DES ROMAINS (2184)

VOYAGES EN BOHÈME (39)
Baudelaire, Rimbaud, Verlaine

Création maquette intérieure :
Sarbacane Design.

Composition : IGS-CP.

GF Flammarion

08/10/141846-X-2008 – Impr. MAURY Imprimeur, 45330 Malesherbes.
N° d'édition L.01EHRN000197.C001. – novembre 2008 – Printed in France.